Gerit Kopietz / Jörg Sommer

ZAP

Jagd nach den Turbo-Skates

Gerit Kopietz/Jörg Sommer

ZAP

Der interaktive Krimi,
bei dem du selbst entscheidest.

Jagd nach den Turbo-Skates

KERLE
Freiburg · Wien · Basel

Die Schreibweise entspricht der neuen Rechtschreibung

Gedruckt auf umweltfreundlichem,
chlorfrei gebleichtem Papier

Umschlag- und Innenillustrationen: Andi Wolff, Kalletal
Umschlaggestaltung: Network!, München

Satz und Layout: Print Production, Umkirch
Herstellung: Freiburger Graphische Betriebe 1998
ISBN 3-451-70233-9

Dies ist kein Buch

O nein, beim besten Willen nicht. Wenn du einfach „nur“ ein Buch lesen möchtest, dann wirst du dein blaues Wunder erleben.

Auch wenn es von außen gar nicht so erscheint: Die kommenden Seiten haben es in sich. Gefährliche Aufgaben, geheimnisvolle Gesellen, fast unlösbare Rätsel, schurkische Bösewichte und fürchterliche Gefahren warten auf dich. Wie dieses außergewöhnliche Abenteuer verläuft, das weiß noch niemand.

Denn anders als bei herkömmlichen Büchern entscheidest diesmal du den Verlauf der Geschichte. Die jungen Abenteurer der Detektivbande, zu denen auch du gehörst, stoßen während ihres Abenteuers immer wieder auf knifflige Rätsel und schwierige Situationen. Dann bist es oftmals nur du, der weiterhelfen kann. Dein detektivischer Sachverstand, dein Gedächtnis, dein Mut und manchmal auch dein Glück entscheiden dann darüber, ob ihr Helden eure Aufgabe lösen könnt.

Also denke lieber dreimal nach, bevor du eine Entscheidung triffst. Der kleinste Fehler kann furchtbare Folgen haben.

Glaube auch nicht, dass ihr immer mit heiler Haut davonkommt. Doch nicht verzagen, wenn euch das Schicksal einmal übel mitspielt. Ihr schafft es bestimmt, ohne größere Katastrophen das Abenteuer erfolgreich zu beenden und die Bösewichte zur Strecke zu bringen. Dann dürft ihr euch anschließend zu den besten Top-Detektiven der Welt zählen.

Kein Fall, kein Rätsel, keine Aufgabe, sei sie auch noch so verworren und gefährlich, kann euch dann noch umhauen. Ihr seid echte Profis. Wir jedenfalls drücken dir und deinen Kumpeln ganz kräftig sämtliche Daumen.

Nun aber hinein in das aufregendste Abenteuer deines Lebens...

Die Spielregeln

Die kommenden Stunden werden kein Zuckerschlecken für dich. Das wird dir wohl klar sein. Was dir aber vielleicht noch nicht so klar ist, ist die Art und Weise, wie du spielen sollst. Kein Problem! Die Regeln für dieses einmalige Abenteuer sind kurz, klar, einfach und genau. Falls du im Spiel dennoch einmal nicht weiterweißt, kannst du sie jederzeit wieder nachlesen.

Du wirst beim ersten Durchblättern bereits gesehen haben, dass dieses Buch aus einer ganzen Menge numerierter kleiner Kapitel besteht. Diese wirst du allerdings nicht der Reihe nach durchlesen. Zwar beginnst du ganz am Anfang, aber dein Weg zum Ziel wird sehr verschlungen sein.

Jedes Kapitel stellt dich und deine Bande vor eine neue komplizierte Situation. Mit Erfahrung und ein wenig Glück kannst du sie so lösen, dass der Weg euch etwas weiter in Richtung Ziel führt. Wie du diese Probleme lösen kannst, werden dir die folgenden Zeilen verraten.

Die Abenteuerkarte

Deine Abenteuerkarte findest du am Ende des Buches. Sie begleitet dich bei deinen unglaublichen Erlebnissen. Du kannst sie ausklappen und abtrennen, wenn du möchtest. So hast du sie immer greifbar. Auf ihr notierst du viele Dinge, die wichtig für dich sind. Um welche Dinge es dabei geht, erfährst du etwas später. Wenn du möchtest, dann mache vor dem Spiel eine Kopie davon. Du hast dann länger Freude an diesem Buch.

Gegenstände

Immer wieder werdet ihr über Gegenstände stolpern, die manchmal sehr geheimnisvoll, manchmal sehr überflüssig und manchmal sehr gefährlich aussehen. Oft könnt ihr sie mitnehmen. Vieles davon könnt ihr später einmal dringend gebrauchen. Aber was? Das eben ist euer Risiko. Denn ihr könnt nie mehr als fünf Gegenstände mit euch führen. Wollt ihr darüber hinaus einen neuen einpacken, so muss ein alter abgegeben werden. Klar?

Geld

Zu guter Letzt werdet ihr auch nicht ganz ohne Geld auskommen. Es kann sein, dass ihr es für verschiedene Dinge ausgeben müsst. Vielleicht fällt euch während des Spiels aber auch wieder Geld in den Schoß? Trage für den Anfang DM 35,- in den Geldsack deiner Abenteuerkarte ein. Das ist die Summe eurer gesamten Barbestände. Kein Vermögen, aber immerhin...

Rätsel

Der Weg durch das Abenteuer ist gepflastert mit kniffligen Rätseln und schwierigen Aufgaben. Nicht immer werdet ihr die Lösung auf Anhieb finden. Dann ist Nachdenken angesagt. Wenn auch das nicht zum Erfolg führt, hilft nur noch raten. Da bleibt es nicht aus, dass ihr euch auch einmal für die falsche Lösung entscheidet.

Doch keine Panik. Das ist nicht gleich der Weltuntergang. Zwar kann eine falsche Entscheidung einige Unannehmlichkeiten mit sich bringen, doch ihr habt immer wieder eine

Chance, auf den richtigen Weg zurückzukehren. Also: niemals aufgeben!

Es geht los...

Doch Regeln sind eine Sache. Action ist eine andere. Und die ist jetzt angesagt. Also Türe schließen, Eltern ins Theater schicken, Chips, Schokolade oder was-auch-immer bereitstellen und das Telefon aus der Dose ziehen. Denn auf dich und deine Freunde von ZAP wartet die spannende Jagd nach den Turbo-Skates. Denn wenn ihr diese nicht rechtzeitig findet, dann kann euer Freund Jo seinen sicher geglaubten Sieg beim großen Inline-Festival vergessen. Ob ihr es schafft? Und ob ihr so nebenbei eines der größten Verbrechen verhindern könnt, dass die ansonsten eher schläfrige Kleinstadt Mundingen jemals gesehen hat, das werden die kommenden Stunden zeigen...

KAPITEL 1
EINFACH GENIAL
GROSSES
INLINE-SKATE-FESTIVAL
MIT WORKSHOPS
OPEN AIR CONZERT
MIT DEN OVERBOYS
SHOWACTS
RENT A SKATE
INLINE HOCKEY
& SUPERTURNIER IN DER
HALFPIPE!

Seit einigen Wochen bist du nun schon aus dem Krankenhaus entlassen. Dein gebrochenes Bein – ein Andenken an das dramatische Ende einer ungewöhnlichen Rettungsaktion bei eurem Abenteuer um die geheimnisvolle Villa Eiermann – ist gut verheilt. Heute willst du es wieder wagen. Deine Inline-Skates verrosten sonst noch in der Garage. Um 14.00 hast du dich mit deinen Freunden Jo, Sabrina, Kai und Smarty am Karlsplatz verabredet...

... aber irgendwie will dein frisch verheilter Treter nicht mehr in die verflucht engen Skates rein. Doch schließlich, mit viel Anstrengung und Papas Schuhlöffel flutscht es endlich. Die ersten Schritte sind noch etwas unsicher und holprig. Um die ersten Treppenstufen machst du lieber noch einen Bogen, statt einen ordentlichen Jump hinzulegen, aber rasch kommt das Feeling wieder in die Beine. Immerhin hast du vor deinem Unfall schon eine Menge Tricks drauf gehabt. Da kommt schon die Unterführung an der Poppelsdorfer Allee.

→ *Hast du schon genug Mumm, um übers Geländer zu grinden?* 13

→ *Oder bewältigst du die 12 Stufen mit einem coolen Jump?* 23

→ *Sicher ist sicher und du stolperst schön brav am Geländer Stufe für Stufe hinunter?* 25

1

Bei Henkens zu Hause ist schwer was los. Mutter Henken ist sichtlich aufgelöst, murmelt ständig nur „mein Junge, mein Junge“. Auch der Vater ist von der Arbeit nach Hause gekommen und hält seinem Sohn die Hand, der kreidebleich in seinem Bett liegt und von Dr. Mertens verarztet wird. Dr. Mertens dreht sich zu euch um und legt leise den Zeigefinger vor den Mund. „Pssst, er schläft jetzt. Ich habe Jo komplett durchgecheckt und es fehlt ihm nichts – außer ein paar Prellungen und einem leichten Schock. Trotzdem sollte man ihn in den nächsten Stunden genau beobachten. Eine Gehirnerschütterung ist nicht auszuschließen.“

Dann verabschiedet er sich. Ihr drängt euch um Jos Bett und wartet, bis er wieder aufwacht.

→ *Erst nach zwei Stunden öffnet Jo langsam seine Augen.* 29

2

Als Jo endlich seine Beute in der Villa Eiermann anschleppt, ist es schon früher Abend geworden. Smarty klärt mit seiner Mum, dass ihr alle zum Essen bleiben könnt. So bleibt noch genügend Zeit, dass ihr euch in der Garage verkriecht, um Jos Traumskates zusammenzuschrauben.

Nach knapp zwei Stunden habt ihr es endlich geschafft. Frisch montiert, geölt und geschmiert stehen die Skates vor euch. Eine kurze Probefahrt verläuft zu Jos Zufriedenheit:

„Die Teile sind ein Geschoss. Damit sacke ich den Preis mit verbundenen Augen ein. Die Krönung wird der Caballerial, damit kann ich ihn schaffen."

„Und was, bitte, ist ein Kavallieriel?", will Smarty wissen. „Eine 540-Grad-Schraube. Megagefährlich, bringt aber Punkte ohne Ende."

→ *Jo ist happy, alle sind geschafft. Morgen Nachmittag wollt ihr Jo beim Training zusehen. Für heute aber reicht's.* 12

3

Zu eurem großen Erstaunen fummelt Kai aus seiner Tasche einen Laptop, den er auch sogleich anwirft.

„Wo hast du denn den her?", will Sabrina wissen. „Den hat mir mein alter Herr ausgeliehen. Der liegt gerade mit Grippe im Bett, da braucht er ihn nicht." „Weiß er das?" „Na ja..." ... „Na JA oder na NEIN?" „Na... Nein."

„Ui, ui, ui", meint Smarty. Ihr alle kennt Kais Vater. Edgar Krenzer ist Projektleiter im Forschungslabor von Unicom. Die bauen die schnellsten PCs auf dem Markt. Daher hat Kai auch die meisten Teile für seinen Napoleon. Wahrscheinlich ist der Laptop mit einer Menge noch gar nicht käuflicher Hardware bestückt, saumäßig geheim und praktisch nicht bezahlbar.

Aber Jos Neugier siegt: „Na los, lass sehen, Kumpel."

Zuerst erscheint eine Eingabemaske. Kai oder besser SkateCon will wissen, welchen Stil Jo fährt, wie erfahren er ist, wieviel er wiegt, was er für Kunststücke präsentieren will, und noch tausend andere Dinge mehr. Nachdem die letzte Ausgabe mit [Enter] bestätigt wurde, erscheint ein recht unscheinbarer

Skate auf dem Bildschirm. Erst langsam, dann immer schneller verwandelt sich dieser fahrbare Untersatz jedoch. Die Maschine probiert quasi alle erdenklichen Kombinationen aus Schuhen, Schienen, Rollen, Stoppern und Lagern durch. Schließlich, nach ein paar Sekunden ertönt ein Piepen und das Bild bleibt stehen.

„Whow", entfährt es Jo. „Das sind ja wahre Turbo-Skates. Alles nur vom feinsten. Ein Top-Boot von Rollerblade, Schienen von Tuuk, BSB-Lager, xt-Rollen – jeweils unterschiedlich vorne und hinten? Und was ist das am Ende? Das ist doch kein Stopper." „Nee, mit Stopper fährt kein echter Könner."

Kai grinst: „Das, mein Junge, ist der Unterschied zwischen sauguten Skates und Turbo-Skates. Das macht dich zum Gott der Halfpipe. Das ist eine fünfte Rolle."

„Hä? Mmh! Klar Mann, das könnte es bringen. Doch sag mir mal einer, wie ich das ganze Zubehör finanzieren soll?"

→ *Wie schaut's aus? Hast du 40,- DM oder mehr auf deiner Abenteuerkarte?* 7

→ *Oder besitzt du das Buch „1001 Geschäftsidee"?* 24

→ *Ansonsten ist guter Rat (und gute Skates) teuer.* 16

4

Du bist selbst etwas überrascht. Eigentlich wolltest du nur einen Spass machen. Du konntest ja nicht ahnen, dass Jo wirklich vorhat, seine im Prinzip schon längst abgeschriebenen Schulden eines Tages doch noch zu tilgen.

Doch Jo berichtet: „Gerade habe ich am Bahnhof das Plakat entdeckt. In Mundingen steigt am Wochenende ein Riesen-Inline-Festival. Mit einem Superturnier. Der Gewinner kassiert 2000,-- DM Preisgeld. Und wer gewinnt, ist doch klar."

Ein vierstimmiges „DU?!?" schallt ihm entgegen.

„Klar Leute, dass ich gewinne steht außer Frage. Ich werde noch ein wenig trainieren und meine Skates tunen und dann sacke ich die 2000 Eier locker ein."

„Und was machst du mit dem Geldsegen? Selbst bei deinen Schulden bleibt da noch ein hübsches Sümmchen übrig, wenn du die bezahlt hast."

Jo schmeißt sich in die Brust: „Natürlich werde ich die gesamte Summe spendieren, damit wir in unserem Viertel endlich 'ne echte Halfpipe hinstellen können."

Jos selbstlose Geste findet euren ungeteilten Beifall. Smarty bietet spontan ein Plätzchen im Garten der Villa Eiermann an, in der er seit zwei Monaten mit seinen Eltern wohnt. Computerexperte Kai will sofort mit seinem CAD-Programm auf Napoleon, seinem selbstbestückten Super-PC, eine Spezial-Halfpipe konstruieren. Genau nach euren Wünschen: schön breit und mit Platz für ein halbes Dutzend Skater gleichzeitig.

Damit inspiriert er Jo zu einem Vorschlag: „Kai, wie wäre es, wenn wir mit Napoleon ein Paar echte Superskates konstruieren? Geht das?" Für Kai keine Frage: „Jo, wenn du willst, dann bastelt dir Napoleon echte Turbo-Skates – nur fahren musst du sie selbst."

➜ *Wollt ihr jetzt gleich alle zu Kai, um Turbo-Skates für Jo zu basteln?* 19

➜ *Oder hattest du eine Begegnung in der Unterführung, von der du jetzt berichten willst?* 9

5

Langsam, ganz langsam rollst du an den beiden Männern vorbei. Dabei erkennst du, dass sie ein an der Wand befindliches Plakat genau studieren und auf einem Stadtplan von Mundingen diverse Stellen markieren. Merkwürdig. Als du ganz nahe dran bis, treten die beiden zurück und du wirst von dem kleinen Dicken angerempelt. Rumms, sitzt du auf dem Hosenboden. Der Typ mustert dich überrascht und greift mit der rechten Hand rasch in seine Jacke, doch der Große legt ihm beruhigend die Hand auf den Arm. Dann entfernen sich beide schnellen Schrittes in die Richtung, aus der du gekommen bist... Als die beiden außer Sichtweite verschwunden sind, siehst du, dass sie in der Aufregung den Stadtplan verloren haben.

✔ *Du kannst den Stadtplan einkassieren oder liegenlassen. Wenn du willst, dann trage auf deiner Abenteuerkarte „Stadtplan" ein. Vielleicht kannst du ihn ja irgendwann noch gebrauchen.*

Dann blickst du auf das Plakat. Aha, ein Inline-Skate-Festival hier in Mundingen. Mit Musik, Volksfest und großem Turnier. Das wäre doch was: nicht für dich, aber für deinen Freund Jo – der hat's voll drauf.

➜ *Davon musst du ihm nachher gleich berichten.* 28

6

Jo ist zwar eine besonders herbe Nummer, aber die anderen ZAPer sind auch nicht ohne:

Kai Krenzer

ist zwar nur ein mittelmäßiger Schüler, aber als Detektiv ist er allererste Sahne. Kunststück – kennt er doch alle großen Detektivromane auswendig. Wenn Kai erst einmal Verdacht geschöpft hat, ist kein Ganove vor ihm und seinem selbstgebauten Supercomputer „Napoleon“ sicher. Voll Optimismus fiebert er zusammen mit seinen Freunden Jo, Sabrina, Smarty und Sherlock jedem richtig großen Fall entgegen.

Joachim Henken, genannt Jo

Klassenkamerad von Kai und bester Skater seiner Schule. Er ist zwar einen Kopf kleiner als seine Freunde, aber dafür um Lichtjahre schneller. Steht total auf geröstete Pistazien und überhaupt nicht auf Schule.

Sabrina Henken

ist genau zehneinhalb Monate jünger als ihr Bruder Jo und geht in die gleiche Klasse (denn der große Bruder hat im letzten Jahr eine Ehrenrunde gedreht). Sie liest Bücher im Dutzend – am liebsten Pferderomane. Ein eigenes Pony wäre ihr Traum, bis dahin lernt sie alles über Pferde auswendig. In der Schule hat sie die besten Noten und alle Lehrer halten sie für brav und angepaßt, dabei hat sie es faustdick hinter den Ohren ...

Martin Connelly, genannt Smarty

hat eine deutsche Mutter und einen amerikanischen Vater. Surft nächtelang im Internet und beschert seinen Eltern auf diese Weise dreistellige Telefonrechnungen. Hat eine chronische Abneigung gegen alles, was nach Sport riecht. Sein bester Freund ist seine Ratte.

Dr. Seltsam

Weiß, schnell und rattenmäßig clever. Hauptwohnsitz: das Kapuzen-Shirt von Smarty. Smartys Freunde sind auch ihre Freunde. Wer jedoch nicht Smartys Freund ist, hat Megapech.

DU, genannt Sherlock

Du, jawohl, genau DU lieber Leser bist das wichtigste Mitglied der Detektivbande um Kai und Co. Deinen Spitznamen hast du nach dem berühmten Meisterdetektiv Sherlock Holmes bekommen. Denn immer, wenn keiner weiter weiß, bleibt alles an dir hängen – dann musst du entscheiden. Ob du willst oder nicht.

Polizeihauptkommissar Kuckelmann

weiß zwar viel, aber nicht alles. Sein Leben wäre viel angenehmer, wenn ihm die Nachwuchsdetektive nicht immer einen Schritt voraus wären. Als Hauptkommissar hat er ohnehin schon genug zu tun. Da kann er nicht auch noch den Babysitter spielen.

Bruder Jakob

wohnt in einem ehemaligen Stellwerk der Eisenbahn. War früher einmal Pfarrer und lebt heute als Einsiedler zufrieden mit sich und der Welt. Er ist ein Freund der Kinder, kocht für sein Leben gern und steht suchenden Menschen stets mit offenem Herzen und wertvollen Ratschlägen zur Seite.

Oma Schnur

lebt im selben Haus wie Jo und Sabrina Henken und ist ein wenig wunderlich. Sie hört etwas schlecht, weshalb sie ihre Lieblingsmusik stets voll aufdrehen muss. Zum großen Leid ihrer Nachbarn steht die alte Dame ausgerechnet auf Rockmusik. Sie erzählt ebenso gerne wie reichlich Geschichten, liebt alle Kinder und verteilt bei jeder Gelegenheit fürchterlich schmeckende Lakritzbonbons.

Dr. Gerold Stein

ist der Klassenlehrer von Kai und den anderen. Er hat teilweise recht merkwürdige Methoden und die unangenehme Eigenschaft, ständig mehr zu wissen, als er eigentlich wissen dürfte.

Jana Riedel

ist Buchhändlerin in der größten Buchhandlung am Ort und weiß so gut wie alles. Wenn sie etwas nicht weiß, weiß sie wenigstens, in welchem Buch man nachschlagen kann. Sie ist die große Kusine von Kai und hilft den Kindern immer wieder mit den richtigen Informationen – und die sind für Detektive bekanntlich Gold wert. Sie hat Mumm und wenn es drauf ankommt, dann wagt sie sich auch höchstpersönlich in die Höhle des Löwen...

Nun kennst du die wichtigsten Personen. Einige mehr wirst du in diesem Abenteuer noch kennenlernen. Doch jetzt musst du dich unbedingt wieder Jo widmen, der platzt schier vor Aufregung:

„Hy, Fans!“, begrüßt er euch. „Ich hab’ DIE Meganews!“

„Du willst deine Schulden löhnen?“, rutscht es dir heraus.

Jo funkelt dich an, als hättest du seine Skates gestohlen. „Woher weißt du?“

➜ *Tja, woher? Hast du eben in der Unterführung ein Plakat gesehen?* 15

➜ *Oder ist dir nichts Gedrucktes über den Weg gelaufen?* 4

7

Du hast einen Vorschlag: „Wir legen zusammen. Jeder gibt dazu, was er hat und wenn Jo gewinnt, dann bekommen wir das Geld zurück.“ Die anderen sind dabei. ZAP ist eben ein starkes Team.

✔ *Streiche dein gesamtes Geld von der Abenteuerkarte.*

Jo ist gerührt. Den ganzen Vormittag sitzt er mit glasigem Blick im Unterricht. Und gleich nach Schulschluss will er losflitzen und die benötigten Teile kaufen.

➜ *Gehst du mit?* 18

➜ *Oder wartest du mit den anderen bei Smarty in der Villa Eiermann, bis Jo von seinem Einkaufstrip zurückkehrt?* 2

8

Na klar, das ist doch tatsächlich Oma Schnur. Was macht die denn hier? Die alte Dame wohnt im gleichen Haus wie Jo und Sabrina. Sie ist zwar unheimlich nett, aber auch unheimlich verschroben. Am grauenhaftesten ist ihr Musikgeschmack: Rock aus den Siebzigern. Igitt! Und am allergrauenhaftesten sind die Lakritzbonbons, die sie mit Freude an alle Kinder verteilt. „Kinder“ sind für Oma Schnur alle Menschen unter dreißig.

Du duckst dich rasch, aber sie hat dich schon erspäht. „Sherlock, was machst du denn hier? Ach ist das nett, dass ich dich mal wieder sehe, mein Kindchen. Was bist du inzwischen aber groß geworden. Schön, dass es dir gut geht, aber ein bisschen mager siehst du aus. Da fällt mir ein, du hast doch immer meine..., meine..., meine...“ Oma Schnur gruschtelt in ihrer Handtasche: „Ach, da sind sie ja, die Lakritzbonbons. Komm, Kindchen, mach den Mund auf, ist gut gegen Zahnfleischbluten.“

Gnadenlos stopft dir die alte Dame ein Lakritzbonbon in den Hals, das vermutlich schon im letzten Jahrhundert alt war. Deine Kehle brennt wie Feuer und du suchst rasch das Weite, bevor sie dir die Eingeweide mit einem zweiten wegätzt...

✔ *Das Lakritzbonbon spuckst du rasch aus und stopfst es in deine Tasche. (Eintragen auf der Abenteuerkarte!)*

➜ *Jo ist in der Zwischenzeit auch schon fertig. Er hat es doch tatsächlich geschafft, für sein Geld alles zu bekommen, was er braucht.* 2

9

Du berichtest deinen Freunden von dem Zusammenprall in der Unterführung und zeigst ihnen die Karte, die du gefunden hast.

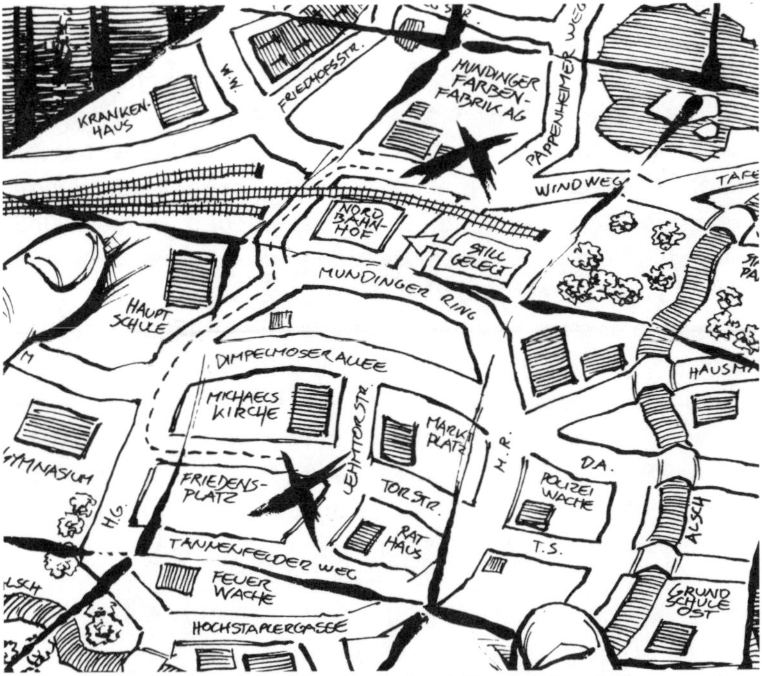

Dann hält es Jo nicht länger. Er bedrängt Kai, mit ihm an den Computer zu gehen.

➜ *Ihr anderen beschließt, ohne die beiden noch eine Runde zu drehen.* 21

➜ *Oder ihr trennt euch gleich, schließlich habt ihr alle noch keine Hausaufgaben gemacht.* 11

10

Es mag zwar sein, dass Smarty einen amerikanischen Vater hat, noch dazu ein hochrangiger Diplomat an der amerikanischen Botschaft in Bonn, aber als Skater ist er ein hoffnungsloser Fall. Smarty surft eben lieber im Netz als auf der Straße.

Gerade habt ihr Smarty wieder in die Senkrechte bugsiert, als auch schon Sabrina angeflitzt kommt. Fehlt nur noch Jo, der wahrscheinlich wieder einen Riesenauftritt inszeniert. Tatsächlich! Urplötzlich kommt eine schattenhafte Gestalt aus einer Seitengasse, jumpt über eine Sitzbank samt Oma, landet weich und sicher, um dann sofort mit einem irren Powerslide zum Stillstand zu kommen. Die Rollen qualmen und vor euch steht Jo, der ungekrönte Skaterkönig von Mundingen.

Jo ist schon ein Original. Obwohl er ein Jahr älter ist als ihr alle, ist er der Kleinste – aber die absolute Sportskanone – vor allem als Skater. Und: Er ist ein Angeber. Nach zehn solcher Kavalierstopps ist ein neuer Satz Rollen fällig. Und Jo benutzt nur das Beste vom besten. Klar, dass er da mit seinem Taschengeld nicht auskommt und bei so ziemlich allen von euch metertief in der Kreide steckt.

➜ *Ach ja, ist dies eigentlich das erste ZAP-Abenteuer, das du liest? Möchtest du mehr über Jo und die anderen Personen erfahren, die darin vorkommen?* 6

➜ *Wenn du schon ein alter ZAPer bist und dich bestens auskennst, dann kannst du gleich weitermachen und hören, was Jo Neues zu berichten hat.* 20

11

Zu Hause erwartet dich sogar ein ordentliches Päckchen unerledigte Hausaufgaben. Vor dem Abendessen bekommst du sie noch größtenteils fertig, den Rest gibt es zum Nachtisch – statt StarTrek. Eigentlich könnte Dr. Stein, dein überaus hausaufgabengeiler Klassenlehrer auch Erbarmen mit dir haben – wo du doch sozusagen noch schwerkrank bist. Aber bei dem beißt man auf Granit.

→ *Also tanzt du wohl oder übel am nächsten Morgen mit gemachten Hausaufgaben in der Tasche an der Bushaltestelle an.* 14

12

Für 15.00 habt ihr euch im Stadtpark verabredet. Dort steht die einzige Halfpipe von ganz Mundingen – chronisch überbelegt, vor allem jetzt, nur wenige Tage vor dem großen Turnier. Die gesamte Konkurrenz ist am Platze. ZAP ist beinahe komplett versammelt, lediglich Jo fehlt. Wahrscheinlich plant er wieder einen seiner großen Auftritte. Langsam lästig.

Doch als um halb vier immer noch nichts von Jo zu sehen ist, werdet ihr alle unruhig. Sabrina ist verwirrt: „Keine Ahnung, wo der sich rumtreibt. Wir sind zusammen zu Hause losgefahren und Jo wollte nur noch eine Runde über den Friedensplatz drehen, um sich die Location für das Turnier anzuschauen. Du weißt, sie bauen heute doch schon die Halfpipe und die Bühne auf."

Ihr beschließt, noch ein halbe Stunde zu warten. Um vier reicht es euch schließlich. Sabrina düst zur Telefonzelle und ruft zu Hause an. Ihr anderen bleibt draußen stehen. Plötzlich seht ihr, wie Sabrina ganz bleich wird und einhängt. Dann kommt sie aus der Zelle gestolpert. „Jo ist zu Hause. Der Arzt ist bei ihm. Er hatte... einen... Unfall. Ein Auto hat ihn angefahren. Ich muss sofort zurück.“

➜ *Keine Frage. ZAP zieht komplett mit.* 1

13

Na, wenn das mal gutgeht. Locker trittst du an und gewinnst Geschwindigkeit, dann ein Sprung, rauf aufs Geländer und ab geht die Post. Noch bist du recht wackelig auf den Beinen und musst balancieren wie ein Albatros kurz vor der Bauchlandung. Aber die bleibt dir erspart. Mit einem eleganten Sprung verabschiedest du dich unten vom Geländer und flitzt durch die Unterführung. Am anderen Ende warten Kai und Smarty schon auf dich. Kai, der das Skaten ebenso drauf hat wie du, versucht gerade, Smarty die ersten mühsamen Schrittchen beizubiegen. Du hörst schon von weitem wie Kai flucht:

„Mann, Smarty, nun streng dich doch mal ein bisschen an. Du stehst auf den Skates wie ein Elefant in der Erbsensuppe. Mehr Feeling, Junge, mehr Feeling. Man sollte nicht glauben, dass du ein Ami bist...“

„Ich bin kein Ami, höchstens ein... Ouuuuph." Schon sitzt Smarty auf seinem Hinterteil und schimpft wie ein Rohrspatz.

➔ *Du hilfst ihm gemeinsam mit Kai wieder auf die Beine.* 10

14

Morgens seid ihr alle immer noch ein wenig vermuffelt und deshalb kommt meist auch keine richtige Stimmung auf. Aber heute morgen ist Jo ganz anders als sonst, aufgedreht wie ein verliebtes Eichhörnchen: „Los Kai, sag mir, hast du das Programm schon fertig? Können wir loslegen? Du weißt, die Zeit drängt. Und ich will doch..."

„Ganz ruhig, Jo, ich muss auch irgendwann schlafen, Junge." Kai sieht allerdings so aus, als wenn er dies zumindest letzte Nacht nicht getan hätte. „Schätze, das dauert noch bis morgen oder so. Programmieren ist Arbeit und keine Zauberei. Ein bisschen wirst du dich schon noch gedulden müssen..."

Der Bus kommt und Jo hat keine Gelegenheit mehr, Kai zu löchern. Der Vormittag verläuft eher bescheiden. Erst wird Jo ohne Hausaufgaben erwischt und dann lässt Klassenlehrer Stein eine unangekündigte Kurzarbeit schreiben...

Es gibt eben Tage, die eigentlich verboten gehören.

Nachmittags hast du zwei Möglichkeiten:

➔ *Du kannst mit deinen Freunden skaten.* 17

➔ *Oder deinem Daddy endlich den Wagen waschen. Dafür lässt er in der Regel immer etwas springen.* 26

15

Du kannst dir denken, was Jo im Schilde führt: „Schätze, du willst beim Inline-Skate-Turnier die große Nummer markieren und das Preisgeld einheimsen. Bingo?“ „Bingo! Sherlock, du trägst deinen Namen zu recht. Woher weißt du das jetzt schon wieder?“

Du berichtest den anderen, die bisher nur Bahnhof verstehen von dem Plakat und Jo tänzelt vor Aufregung die ganze Zeit um euch herum.

„Klar Leute, dass ich gewinne steht außer Frage. Ich werde noch ein wenig trainieren und meine Skates tunen und dann sacke ich die 2000 Eier locker ein.“

„Und was machst du mit dem Geldsegen? Selbst bei deinen Schulden bleibt da noch ein hübsches Sümmchen übrig, wenn du die bezahlt hast.“

Jo schmeißt sich in die Brust: „Natürlich werde ich die gesamte Summe spendieren, damit wir in unserem Viertel endlich ’ne echte Halfpipe hinstellen können.“

Jos selbstlose Geste findet euren ungeteilten Beifall. Smarty bietet spontan ein Plätzchen im Garten der Villa Eiermann an, in der er seit zwei Monaten mit seinen Eltern wohnt. Computerexperte Kai will sofort mit seinem CAD-Programm auf Napoleon, seinem selbstbestückten Super-PC, eine Spezial-Halfpipe konstruieren. Genau nach euren Wünschen:

schön breit und mit Platz für ein halbes Dutzend Skater gleichzeitig.

Damit inspiriert er Jo zu einem Vorschlag: „Kai, wie wäre es, wenn wir mit Napoleon ein Paar echte Superskates konstruieren? Geht das?“ Für Kai keine Frage: „Jo, wenn du willst, dann bastelt dir Napoleon echte Turbo-Skates – nur fahren musst du sie selbst.“

➜ *Wollt ihr jetzt gleich alle zu Kai, um Turbo-Skates für Jo zu basteln?* 19

➜ *Oder hattest du eine Begegnung in der Unterführung, von der du jetzt berichten willst?* 9

16

Du hast einen Vorschlag: „Wir legen zusammen. Jeder gibt dazu, was er hat und wenn Jo gewinnt, dann bekommen wir das Geld zurück.“ Die anderen sind dabei. ZAP ist eben ein starkes Team.

✔ *Streiche dein gesamtes Geld von der Abenteuerkarte.*

Aber irgendwie reicht es trotzdem nicht. Ihr denkt nach. Schließlich zuckt Jo die Schultern. Na gut, dann muss ich eben meine anderen Skates in Zahlung geben.

„Aber dann setzt du alles auf eine Karte", wirft Sabrina ein. Wenn deine Turbo-Skates kaputt gehen, dann ist das Turnier gelaufen!

Doch auch wenn ihr noch länger grübelt, eine bessere Idee hat niemand.

Für Jo ist es also entschiedene Sache. Gleich nach Schulschluss will er losflitzen und die benötigten Teile kaufen.

➜ *Gehst du mit?* 18

➜ *Oder wartest du mit den anderen bei Smarty in der Villa Eiermann, bis Jo von seinem Einkaufstrip zurückkehrt?* 2

17

Je länger du wieder auf Rollen stehst, desto besser wird die Form. Noch ein paar Tage und du bist wieder voll einsatzfähig. Mit Jo und Sabrina flitzt du durch die Straßen. Kai ist mit seinem Programm beschäftigt und hat sich jede Ablenkung strengstens verboten, während Smarty heute mit seinem Daddy zu irgendeiner Werksbesichtigung gehen muss.

Doch auch zu dritt habt ihr eine Menge Spaß. Vor allem, als ihr Jo bei seinem „Training" zuseht. Mülleimer, Geländer, Fahrradständer, Treppen – null Problemo für den jungen Gott auf Rollen. So gut wie Jo müsste man skaten können.

So vertreibt ihr euch die Zeit bis zum Abend. Am nächsten Morgen steht Jo bereits eine Viertelstunde zu früh an der Haltestelle. Er trippelt nervös von einem Bein auf das andere. Sabrina, Smarty und du versucht, ihn zu dritt zu beruhigen. Jo dagegen wird mit jeder Minute nur noch nervöser, besonders als die Abfahrtszeit des Busses bedenklich nahe rückt und von Kai noch jegliche Spur fehlt. Kurz darauf taucht in der Ferne euer Bus auf und ihr rangelt euch mit den anderen Schülern um den besten Standort. Schließlich ist es beinahe schon Tradition, daß ZAP die komplette hintere Sitzreihe im Bus belegt. Der Bus hält, die Türen springen auf und die Lawine rollt. Endlich sitzt ihr alle auf den letzten Plätzen, aber von Kai ist immer noch nichts zu sehen. Der Busfahrer schließt die Tür. Da, jetzt kommt Kai um die Ecke geflitzt und trommelt völlig außer Atem gegen die Türe. Der Busfahrer stutzt, dann lässt er sich erweichen.

Locker und lächelnd kommt Kai nach hinten zu euch geschlurft. Dabei winkt er mit einer Diskette, die er dann mit elegantem Schwung in Jos Schoß fallen lässt. Der hebt sie hoch und bestaunt sie, als wäre es ein Barren Gold.

Kai lässt sich auf seinen Platz fallen: „Da hast du's!" ... „Was?" ... „Na, deine Turbo-Skates." ... „Wie? Da drin?" ... „Stell dich nicht blöd, Mann. Das da ist SkateCon 1.0. Das nigelnagelneue, megageile Programm zur Konstruktion der optimalen Skates für jeden Anlass. Ob Speed, Agressive, Hockey oder für die Halfpipe – damit kannst du aus allen gängigen Zubehörteilen die optimale Mischung zusammenbasteln."

➜ *„Wann?", will Jo wissen. „Jetzt!"* 3

18

Im Sportgeschäft bekommt der Verkäufer glänzende Augen, als Jo seine Einkaufsliste vorlegt. Jo feilscht wie auf einem arabischem Bazar. Du strolchst unterdessen im Geschäft herum.

→ *Kommt dir die Oma nicht irgendwie bekannt vor?* 8

→ *Oder hast du den Dicken schon einmal irgendwo gesehen?* 27

19

Jo und Sabrina düsen zu Hause vorbei, um ein paar Stapel von Firmenprospekten mitzubringen, in denen alle erhältlichen Zubehörteile für Skates mit ihren technischen Daten verzeichnet sind. Smarty, Kai und du starten gleich zu Kai durch. Mit Smarty dauert das allerdings etwas länger. Er fällt schneller zu Boden als im Herbst die Blätter vom Baum. Als ihr schließlich völlig erschöpft vom ständigen Wiederaufheben eures Freundes bei Kai ankommt, warten die beiden anderen schon ungeduldig.

Den Rest des sonnigen Nachmittages verbringt ihr hinter verschlossenen Fenstern mit dem Eingeben von Daten wie Rollenhärten, Kugellagerwiderständen, Schuhelastizität, Gesamtgewicht und anderes. Schließlich dröhnt euch der Schädel, doch am Ende hat Napoleon alles geschluckt.

„Na, wann spuckt er meine Turbo-Skates denn endlich aus?“, will Jo wissen. Doch Kai dämpft seine Erwartungen: „Jetzt muss ich zuerst einmal das passende Programm schreiben. Die meisten Units kann ich zwar aus einem anderen Programm, das ich kürzlich gebastelt habe, herausschneiden, aber so zwei bis drei Tage wird’s trotzdem dauern.

Tja, das war’s dann für heute.

➜ *Ihr könnt alle nach Hause düsen, um morgen für die Schule fit zu sein.* 11

➜ *Oder zusammen ohne Kai, der jetzt mit Arbeit versorgt ist, noch eine kleine Runde um den Block drehen.* 21

20

Jo braucht ein paar Sekunden, um wieder zu Atem zu kommen.

„Hy, Fans!“, begrüßt er euch. „Ich hab’ DIE Meganews für euch.“

„Du willst deine Schulden löhnen?“, rutscht es dir heraus.

Jo funkelt dich an, als hättest du seine Skates gestohlen. „Woher weißt du?“

➜ *Tja, woher? Hast du eben in der Unterführung ein Plakat gesehen?* 15

➜ *Oder ist dir nichts Gedrucktes über den Weg gelaufen?* 4

21

Gemütlich dreht ihr noch eine kleine Runde, in einem Tempo, das auch Smarty problemlos bewältigen kann. Das baut ihn etwas auf – Kai ist alles andere als ein feinfühliger Lehrmeister. So langsam bekommt Smarty richtig Lust aufs Skaten: „Hey, wie wär’s? Sollen wir noch bei Jana vorbeischauen?“ Gesagt, getan! In wenigen Minuten seid ihr in der Buchhandlung „am Markt“. Dort arbeitet Jana Riedel – Kais große Kusine und so etwas wie der „Pate von ZAP“. Denn Jana ist eine lebende Bibliothek. Sie weiß zwar nicht alles – aber sie weiß immer, wo alles steht. Sie freut sich auch mächtig, euch zu sehen und erkundigt sich gleich nach deinem Bein.

„Wie schaut's aus? Braucht ihr etwas Lesestoff? Ich habe hier eine ganze Kiste mit Remittenden. Das sind Bücher, die leicht beschädigt oder anderweitig unverkäuflich sind. Da könnt ihr euch eines aussuchen."

➜ *Hast du Lust, in der Kiste zu wühlen?* 22

➜ *Oder drängt es dich nach Hause, um deine Hausaufgaben für morgen noch machen zu können?* 11

22

Hui, da sind ja interessante Schmöker dabei. Welches Buch wählst du aus? Nur eines darf es sein!

✔ *Trage den ausgewählten Titel auf deiner Abenteuerkarte ein.*

➜ *Noch ein wenig plaudert ihr mit Jana, aber dann müsst ihr nach Hause. Am nächsten Morgen trefft ihr euch wie immer an der Bushaltestelle in eurem Viertel.* 14

23

Na, wenn das mal gutgeht. 12 Stufen mit einem Sprung – das ist auch bei Topform gar nicht so einfach. Du sprintest los und machst Tempo, schnell kommst du der Treppe näher. Konzentriert gehst du in die Hocke für den richtigen Moment zum Absprung. Da, jetzt bist du in der Luft. Doch dein Bein ist wohl wirklich noch etwas zu steif. Irgendwie kommst du in Schräglage und musst aufmachen, um das Gleichgewicht zu halten. Das aber kostet Schwung und dein Sprung wird zu kurz. Rasch kommen die letzten Stufen näher. Reicht es? Nein! Genau auf der letzten Stufenkante setzt du auf und verlierst sofort die Balance. Der Länge nach knallst du hin. Gut, dass du wenigstens an die Protectives gedacht hast. Gekonnt lässt du dich auf die Knee- und Elbow-Pads fallen, nimmst den gröbsten Schwung weg und rollst dann elegant ab.

Glück gehabt. Deine Knochen sind heil geblieben. Nur deine Klamotten sehen etwas mitgenommen aus. Du rappelst dich auf und humpelst leicht in Richtung Ausgang.

Oh je, das hat gerade noch gefehlt. Am anderen Ende warten Kai und Smarty schon auf Dich. Kai, der das Skaten ebenso drauf hat wie du – mit gesunden Beinen – schüttelt sich vor Lachen.

„Also, dass Smarty kein Talent zum Skaten hat, das habe ich inzwischen kapiert, aber im Krankenhaus scheint er dich wohl angesteckt zu haben. Siehst du, Smarty, jetzt könnt ihr zusammen einen Anfängerkurs bei Jo belegen."

Dabei klopft er Smarty lachend auf die Schulter.

➜ *Der schluckt, verliert das Gleichgewicht und landet platschend auf dem Bauch.* 10

24

Du hast einen Vorschlag: „Leute, wir verdienen uns das Geld." Die anderen sind dabei. ZAP ist eben ein starkes Team.

In der Schule organisiert ihr aus dem Technikraum einen Ghettoblaster. In der großen Pause dann legt Jo, der seine Skates immer dabei hat, im Schulhof eine irre Show hin. Erst bringt er ein paar abgefahrene Stunts zu scharfer Musik, dann stürzt der Rest von ZAP mit gezogenen Caps unter die johlende Schülermenge und sammelt Kleingeld für einen „bettelarmen Stunter, der die Chance seines Lebens nicht verpassen möchte". Kai führt eine Liste und ihr versprecht allen Spendern, dass es im Fall von Jos Sieg das Doppelte zurückgibt.

Am Anfang läuft es zäh. Doch dann taucht plötzlich Klassenlehrer Dr. Stein auf und stellt euch zur Rede. In der Zwischenzeit hat zwar das Pausenende geläutet, doch sämtliche Schüler haben eine dichte Traube um euch und Dr. Stein gebildet. Der lässt sich den Sachverhalt genau erklären. Schließlich verkündet er:

„O.K. Jo. Mag sein, dass aus dir nie ein Einstein wird, aber vom Skaten verstehst du was. Ich glaube an deinen Sieg. Hier habt ihr zehn Mark. Ich setze auf Jo." Kurze Stille. Dann Jubeln, Johlen und Stampfen. Jetzt zücken auch die anderen Schüler ihre Geldbeutel und in wenigen Minuten habt ihr das Geld für Jos Turbo-Skates zusammen.

Jo ist ganz schwindlig vor Begeisterung. Gleich nach der Schule will er losziehen und einkaufen.

➜ *Gehst du mit?* 18

➜ *Oder wartest du mit den anderen bei Smarty in der Villa Eiermann, bis Jo von seinem Einkaufstrip zurückkehrt?* 2

25

Was soll's, Mut ist eine Sache, Selbstmord eine andere. Vorsichtig hangelst du dich am Geländer hinunter und rollst dann gemütlich durch die Unterführung. Die ist fast leer, fast ...

→ *Sonnenbrillen in einer Unterführung? Die schaust du dir näher an.* 5

→ *Du machst, dass du schnell weiterkommst, bevor sie dir womöglich etwas antun.* 28

26

Autowaschen ist zwar nicht gerade das, was du dir unter einem gemütlichen Nachmittag vorstellst, aber Daddy nervt schon seit Tagen. Und der Klügere gibt schließlich nach.

Außerdem lohnt sich diese Action unter kommerziellen Gesichtspunkten. DM 10,– sind schließlich eine Menge Geld, vor allem für einen Schüler, der mit läppischen 5,– DM Taschengeld in der Woche sein kümmerliches Dasein fristen muss.

✔ *Addiere zu deinem Verm gen auf der Abenteuerkarte DM 10,— hinzu.*

Dafür sind deine Freunde ohne dich losgezogen. Als du um halb fünf endlich fertig bist und herumtelefonierst, sind die alle ausgeflogen. Also büffelst du noch etwas Mathe für die Arbeit in der kommenden Woche.

Am nächsten Morgen an der Bushaltestelle trippelt Jo bereits nervös von einem Bein auf das andere. Sabrina, Smarty und du versucht, ihn zu dritt zu beruhigen. Jo dagegen wird mit jeder Minute nur noch nervöser, besonders als die Abfahrtszeit des Busses bedenklich nahe rückt und von Kai noch jegliche Spur fehlt. Kurz darauf taucht in der Ferne euer Bus auf und ihr rangelt euch mit den anderen Schülern um den besten Standort. Schließlich ist es beinahe schon Tradition, dass ZAP die komplette hintere Sitzreihe im Bus belegt. Der Bus hält, die Türen springen auf und die Lawine rollt. Endlich sitzt ihr alle auf den letzten Plätzen, aber von Kai ist immer noch nichts zu sehen. Der Busfahrer schließt die Tür. Jetzt kommt Kai um die Ecke geflitzt und trommelt völlig außer Atem gegen die Türe. Der Busfahrer stutzt, dann lässt er sich erweichen.

Locker und lächelnd kommt Kai nach hinten zu euch geschlurft. Dabei winkt er locker mit einer Diskette, die er dann mit elegantem Schwung in Jos Schoß fallen lässt. Der hebt sie hoch und bestaunt sie, als wäre es ein Barren Gold.

Kai lässt sich auf seinen Platz fallen: „Da hast du's!“ ... „Was?“ ... „Na, deine Turbo-Skates.“ ... „Wie? Da drin?“ ... „Stell dich nicht blöd, Mann. Das da ist SkateCon 1.0. Das nigelnagelneue, megageile Programm zur Konstruktion der optimalen Skates für jeden Anlass. Ob Speed, Agressive, Hockey oder für die Halfpipe – damit kannst du aus allen gängigen Zubehörteilen die optimale Mischung zusammenbasteln.“

➔ *ªWann?, will Jo wissen. ªJetzt!*

27

Das ist doch... – Wo hast du diesen Typ bloß schon einmal gesehen? Ach ja, jetzt, in der Unterführung am Karlsplatz. Es war einer der beiden Männer, die den Stadtplan mit den Markierungen verloren haben.

Weshalb deckt sich einer wie der mit Skaterklamotten ein? Der passt ebenso wenig auf Skates wie eine Schildkröte auf ein Fahrrad.

Verdächtig, verdächtig! Du speicherst diese Information in deinem unendlichen Detektivgedächtnis.

➔ *Jo ist in der Zwischenzeit auch schon fertig. Er hat es doch tats chlich geschafft, f r sein Geld alles zu bekommen, was er braucht.*

28

Zügig rollst du durch die Unterführung. Am anderen Ende warten Kai und Smarty schon auf dich. Kai, der das Skaten ebenso drauf hat wie du, versucht gerade, Smarty die ersten mühsamen Schrittchen beizubiegen. Du hörst schon von weitem wie Kai flucht:

„Mann, Smarty, nun streng dich doch mal ein bisschen an. Du stehst auf den Skates wie ein Elefant in der Erbsensuppe. Mehr Feeling, Junge, mehr Feeling. Man sollte nicht glauben, dass du ein Ami bist..."

„Ich bin kein Ami, höchstens ein... Ouuuuph." Schon sitzt Smarty auf seinem Hinterteil und schimpft wie ein Rohrspatz.

➜ *Du hilfst ihm gemeinsam mit Kai wieder auf die Beine.* 10

29

Jo ist noch ganz schön durcheinander. Deshalb erzählt er zunächst nur unzusammenhängend. Durch konsequentes Nachfragen habt ihr aber bald heraus, was geschehen ist:

Jo wollte in der Tat zum Friedensplatz, um abzuchecken, wie die Voraussetzungen für das Turnier sein werden. Als er die Straße davor überquert, gilt seine Aufmerksamkeit dem Mobilkran, der soeben die Halfpipe vom Sattelschlepper hebt. In dieser Sekunde spürt Jo einen dumpfen Schlag und findet sich kurz darauf auf dem Rücken liegend wieder. Ein Autofahrer hatte ihn angefahren. Glücklicherweise war der Mann nur im Schritttempo gefahren. „Jedenfalls war der Typ irre nett und unheimlich besorgt", berichtet Jo weiter. „Er hat mich gleich eingepackt und persönlich nach Hause gefahren. Er hat mich sogar das Treppenhaus hochgetragen und mich direkt in Mamas Hände übergeben. Erst dann hat er sich verabschiedet."

Kai beruhigt Jo: „Na, Gott sei Dank sind deine Knochen noch heile. Nicht auszudenken... – haben die Turbo-Skates übrigens auch überlebt?"

„Mist!", ruft Jo und steht mit einem Riesensatz neben seinem Bett. Dann sucht er verzweifelt erst in seinem Zimmer, dann in der ganzen Wohnung nach den Skates. Schließlich lässt er sich schweißtriefend auf den Hosenboden fallen. „Ich... ich weiß sicher, dass der Typ die Skates eingeladen hat. Er hat sie mir ausgezogen, weil meine Beine total verdreht waren und er dachte, ich hätte was verstaucht oder gebrochen. Aber... er hat sie nicht mit hochgebracht."

„Das heißt, sie sind noch im Auto. Null Problemo! Wir rufen ihn an. Wenn er wirklich so nett ist, wie du sagst, dann..."

Jo unterbricht: „Eben doch ein Problem. Er hat keine Adresse hinterlassen."

Schweigen. „Und die Autonummer hast du nicht zufällig?", will Sabrina kleinlaut wissen. Die Antwort kommt noch leiser: „Zufällig nicht!"

Klasse. Jo ist angeknackst, die teuren Turbo-Skates sind weg, der Fahrer auch und ihr habt nicht den geringsten Anhaltspunkt.

Was wollt ihr tun? Betteln gehen für seine Skates? Den Fahrer ausfindig machen? Aber wie? Vielleicht meldet der sich ja von selbst noch einmal, wenn er die Skates in seinem Auto bemerkt. Oder war der Unfall vielleicht sogar absichtlich geschehen, um die Skates einzukassieren? Aber wer kann so etwas organisieren? Jos Konkurrenten? Oder eine Firma, die das große Geld wittert?

Fragen, auf die ihr eine Antwort finden müsst, wenn Jo seine Skates rechtzeitig wiederbekommen soll. Ihr habt noch drei Tage. Verdammt wenig! Zu wenig?...

KAPITEL 2
DER FISCH IM NETZ
15
ZAP

Zuerst einmal scheucht euch Jos Mutter aus seinem Zimmer. Sie verkündet, der Patient bräuchte nun vor allem Ruhe.

Was unternehmt ihr?

→ *Wollt ihr zu Kai, um auszubrüten, wie ihr den Fahrer samt Turbo-Skates ausfindig machen könnt?* 38

→ *Oder düst ihr gleich zum Tatort, bevor die Spuren endgültig verschwunden sind?* 60

30

Am Ende der Straße fährt der Wagen direkt auf eine Ampel zu. Er blinkt nach rechts. Mist, wenn er jetzt auf die Stresemannstraße kommt, hat er garantiert freie Fahrt. Da entkommt er euch.

➜ *Die Ampel wird gleich rot. Ihr könnt kurz verschnaufen und nachdenken, bevor es zu spät ist.* 36

➜ *Die Ampel wird gleich grün. Du hast nur noch eine Chance.* 39

31

Du blätterst wie wild, während die Sirene ohrenbetäubend heult und bereits die ersten Passanten ihre Köpfe in eure Richtung drehen. Nur noch eine Frage von Sekunden, dann stehen auch die Besitzer dieses Autos vor euch. Da, jetzt hast du es! Notschalter für Martinshorn, Seite 112. Schnell blättern. Da, die Skizze. Irgendwo unterhalb der Befestigungsschelle muss ein Schalter sein. Jetzt hast du ihn gefunden: Klick. Tatsächlich! Es hat funktioniert. Die Ruhe tut gut. Smarty gelingt es, Dr. Seltsam wieder unter dem Auto hervorzulocken.

➜ *Jetzt aber schnell hinüber über den Zaun, bevor es doch noch Ärger gibt.* 49

➜ *Oder ist euch das Pflaster nun zu heiß und ihr zieht von dannen, um in der näheren Umgebung Zeugen aufzuspüren?* 44

32

Ihr sprintet los. Flink wie die Wiesel saust ihr ums nächste Hauseck und steht direkt vor Sabrina. Die ist ganz aus dem Häuschen: „Wusste ich doch, dass ich euch hier finde. Jo ist etwas eingefallen.“ Sabrina berichtet, wie sie mit Jo den Unfall wieder und wieder durchgekaut hat. Dabei konnte sich Jo langsam immer besser erinnern. Schließlich war er sich ganz sicher. Als Jo auf dem Rücken lag, hatte sich der Fahrer neben ihn gestellt und sich zu ihm heruntergebeugt. Dabei hatte er die ganze Zeit die Schuhe des Fahrers genau vor seinem Gesicht. Und an die Schuhe erinnert er sich genau. Es waren nämlich richtige Westernstiefel aus Wildleder, mit Schnalle und hohem Absatz. Richtige Cowboy-Treter.

Kai schaut wenig begeistert: „Und wie sollen wir jetzt in ganz Mundingen einen Autofahrer mit Cowboystiefeln..."

„Aahh, da seid ihr ja!", klingt es von hinten. Ihr dreht euch um.

➜ *Oma Schnur! Die hattet ihr ja ganz vergessen.* 37

33

Ihr ruft bei Jo zu Haus an und erfahrt, dass er zur Zeit fest schläft. Seine Mutter mag ihn auch nicht wecken, weil der Arzt ihm strenge Ruhe verordnet hat.

➜ *Was nun? Wollt ihr doch noch zum Tatort, solange die Spuren noch frisch sind?* 60

➜ *Wie wäre es dagegen mit einem Besuch bei Bruder Jakob? Schließlich hat er immer ein paar Tips auf Lager.* 42

34

Die Idee war gut, doch die Nacht verläuft ereignislos. Um kurz nach sechs kommt Tobias vorbei. Ein Klassenkamerad, der das „Mundinger Tagblatt“ austrägt. Er lässt dir eins da, damit du etwas Lesestoff hast.

✔ *Trage „Mundinger Tagblatt“ auf deiner Abenteuerkarte ein.*

➜ *Schließlich reicht es dir aber. Mit verquollenen Augen triffst du deine Freunde in der Schule.* 51

35

Ihr marschiert schnurstracks zu dem Tor, das leicht offen steht. Doch es lässt sich nicht weiter öffnen, denn es ist mit einer massiven Kette verriegelt. Hier könnte sich allenfalls ein Schlangenmensch hindurchwinden.

➜ *Euch bleibt also nur eine der anderen Möglichkeiten.* 53

36

Ihr stoppt ab und wollt gerade kurz verschnaufen, als es Grün wird und das Auto ums Eck davonschießt. Verflixt! Wenn Rot und Gelb gleichzeitig aufleuchten springt die Ampel anschließend auf Grün. Hättest du eigentlich wissen müssen. Seufzend gebt ihr wieder Tempo und schießt hinterher. Aber ihr seid chancenlos. Auf der freien Stresemannstraße verschwindet das Auto rasch aus eurem Blickfeld. Ihr gebt zwar euer Bestes, aber ihr seid beide schon zu ausgepumpt. Kein Wunder, dass du ins Torkeln gerätst und übel fällst. Beim Sturz verlierst du das Buch von Jana. Es rutscht dir aus der Tasche und purzelt in den sumpfigen Graben.

✔ *Streiche es von deiner Abenteuerkarte.*

Mühsam rappelst du dich auf und rollst langsam die Stresemannstraße weiter. Ihr schaut systematisch in jede Nebenstraße und habt die Hoffnung schon fast aufgegeben, als ihr das gesuchte Auto schließlich doch noch findet. Es steht auf dem Gehweg direkt vor einem Reihenhäuschen. Na, das Glück ist eben doch mit den Tüchtigen.

➜ *Du bewachst das Haus, während Kai die anderen Mitglieder von ZAP zusammentrommelt und per Kettennachricht eure Hilfsdetektive entlässt.* 50

37

Oma Schnur tätschelt euch die Köpfe: „Ihr seid doch die Freunde von dem kleinen Joachim, der immer mit so einem Mordsradau auf seinen Rollschuhen bei uns das Treppenhaus runtersaust. Wie geht's denn dem armen Kleinen?"

Du klärst die alte Dame auf. Versuchst ihr zu erklären, dass es einen Unterschied zwischen Rollschuhen und Inline-Skates gibt, dass Jo kein „kleiner" mehr ist, dass er einen Unfall hatte und dass du keine Lakritzbonbons magst. Aber Oma Schnur unterbricht dich: „Weiß ich doch, mein Bub, weiß ich doch." Sie sucht etwas in ihrer Tasche. „Weiß doch, dass der kleine Joachim einen Unfall hatte. Habe ich doch mit ansehen müssen."

Whow! Da habt ihr doch tatsächlich eine Zeugin. Kai reagiert sofort: „Ja, und haben Sie erkannt, wer...?" ... „Nee, mein Junge, habe ich nicht. Der Mann trug ja eine Sonnenbrille. Aber ich weiß noch genau, welche Musik in seinem Radio spielte: ‚Smoke on the Water.' Ein irrer Song. Geht voll in die Beine, sag ich euch. Aber ihr jungen Leute hört ja nur dieses Technogestammel, keinen Sinn für einen richtig guten Rock."

Auch eure weiteren Fragen bleiben unbeantwortet. Die Automarke? Fehlanzeige! Die Farbe? Fehlanzeige! Oma Schnur ist gar nicht bei der Sache. Sie kramt nur in ihrer altmodischen Handtasche. Vermutlich nach Lakritzbonbons. Frustriert wollt ihr euch verabschieden, als Oma Schnur fündig wird und einen Zettel aus ihrer Tasche zieht.

„Ach ja, Kinder, bevor ich es vergesse. Ich habe hier die Autonummer aufgeschrieben. Ich sage mir immer, sei wachsam, wenn ein fremder Mann ein Kind ins Auto lädt. Es sind so viele Kindesentführer unterwegs!"

Ihr traut euren Ohren nicht. Wenn das kein Dusel ist. Tatsächlich, Oma Schnur liest euch die Autonummer vor: MD-KS-341. Also ein Fahrer von hier.

➜ *Es gibt nur einen Ort, an dem ihr den Halter erfahren könnt.* 54

38

Smarty, Kai und du sitzen in Kais Zimmer auf dem Fußboden. Kais Mutter hat eine Runde Schokoladeneis springen lassen und ihr löffelt gemütlich. Dabei produziert ihr am laufenden Band Ideen, die euch zu dem verschwundenen Fahrer bringen sollen. Sabrina wollte lieber bei ihrem Bruder bleiben und so grübelt ZAP jetzt in Kleinbesetzung. Dabei kommt ihr rasch auf zwei Alternativen. Kai und Smarty können sich nicht

einigen, also stimmt ihr ab. Als Dritter im Bunde ist deine Stimme die entscheidende:

➔ *Kai ist dafür, sich am Tatort umzusehen, dort nach Spuren zu suchen und vielleicht mögliche Zeugen aufzutreiben.* 60

➔ *Smarty will lieber noch einmal Jo befragen, sobald er fit genug ist. Vielleicht hat er ja doch noch ein paar sachdienliche Hinweise, die ihr nur aus ihm herauskitzeln müsst.* 33

39

Todesmutig hängst du dich an die Stoßstange des Golfs, als die Ampel auch schon auf Grün springt und der Fahrer Gas gibt. Jetzt beginnt eine gefährliche Fahrt, die nur für starke Nerven ist. Denn der Fahrer beschleunigt rasch und fährt zügig die Stresemannstraße entlang. Ein ganz schön mulmiges Gefühl. Beim Umschauen erkennst du weit hinter dir Kai, der immer weiter zurückfällt. Schließlich drosselt der Fahrer die Geschwindigkeit und biegt in eine kleine Nebenstraße ein. Nach rund 60 Metern biegt er in eine offene Garage ab. Du lässt rechtzeitig los und rollst an den Straßenrand. Du beobachtest, wie ein Fahrer so um die fünfzig aussteigt und ins Haus geht. Hier wohnt er also. Du rollst langsam zurück zur Stresemannstraße und wartest auf Kai. Kurz besprecht ihr die Lage.

➔ *Dann rollst du zurück, um das Haus weiter zu beobachten, während Kai die andern Mitglieder von ZAP zusammentrommelt und per Kettennachricht eure Hilfsdetektive entlässt.* 50

40

Die Idee ist gar nicht übel. Also macht ihr euch auf die Socken. Doch vorher meint Smarty: „Äh, Bruder Jakob, die Grünen Kugeln waren echt super. Könnte ich vielleicht…“ „Das Rezept? Klar, habe ich schon aufgeschrieben:“

✔ *Trage unbedingt „Rezept“ auf deiner Abenteuerkarte ein, bevor ihr von dannen zieht.*

➔ *Nun aber ruckzuck an die Arbeit.* 60

41

Als mobile Einsatzzentrale bleibst du mit Kai zunächst am Friedensplatz. Die anderen ziehen los auf ihre Posten. Die nächsten Stunden vergehen quälend langsam. Ihr seht den Arbeitern zu und beobachtet, wie eine der Bands, die morgen beim Festival spielen sollen, einen Soundcheck macht.

Plötzlich klingelt das Telefon. Kai drückt auf die Sprechtaste. Es ist Sabrina. Sie klingt ganz aufgeregt: „Wir haben ihn! Das Kennzeichen stimmt – hundertprozentig." Kai hakt nach: „Seid ihr an eurem Posten, Berliner Ring/Ecke Königstraße?" „Ja, klar! Der Wagen fährt die Königstraße runter, direkt in eure Richtung." „Wir flitzen hinterher."

Kai schaut auf die Karte. „Wenn wir Glück haben, müssten sich Karin und Tim gleich melden. Sie stehen am Karlsplatz, der die Königstraße aufnimmt. Und tatsächlich klingelt kurz darauf wieder das Telefon. Der Posten am Karlsplatz meldet, dass das Auto nun auf der Poststraße in Richtung Stadtpark fährt. Ihr habt Glück: Auf der Poststraße staut sich der Verkehr und der Fahrer kommt nur langsam voran. Jetzt müsst ihr euch sputen.

➜ *Habt ihr noch mindestens DM 20,-?* 52

➜ *Wenn nicht, dann macht ihr euch blitzschnell mit euren Skates auf den Weg.* 43

42

Bruder Jakob wohnt im ehemaligen Stellwerk auf dem Gelände des ebenfalls ehemaligen Nordbahnhofes. Der Nordbahnhof, sowie die angrenzende Mundinger Farbenfabrik wurden vor einigen Jahren bereits stillgelegt. Heute findet sich hier nur noch eine halb überwucherte Ruinenlandschaft. Bruder Jakob, der ehemalige Mundinger Pfarrer, hat sich dort nach seiner Pensionierung gemütlich eingerichtet. Für ZAP ist Bruder Jakob Gold wert. Ein leckeres Essen hat er für die hungrigen Mäuler ohnehin immer in der Pfanne und zudem noch unzählige brauchbare Tips für jede Lebenssituation auf Lager.

Auch heute duftet es schon wieder verführerisch, als ihr die Stufen zum alten Stellwerk heraufgestürmt kommt.

„Na, Freunde, es wird Zeit fürs Abendessen und zufällig wart ihr wohl gerade in der Nähe? Na gut, dass ich immer einen vollen Kühlschrank habe. Lust auf „Grüne Kugeln“? Klar habt ihr Lust! Wenngleich auch keiner von euch so richtig weiß, was das für Grüne Kugeln sein sollen.

Ihr setzt euch und schon nach wenigen Minuten kredenzt euch Bruder Jakob ein leckeres Mahl. Kleine grüne Bällchen. Einfach himmlisch. Besonders Dr. Seltsam fährt voll auf die Dinger ab.

Während ihr kaut, berichtet ihr mit vollem Mund von Jos Missgeschick.

Bruder Jakob überlegt lange. „Also wenn ihr wirklich keinen Hinweis habt, bleibt euch im Grunde nur eine Hoffnung: Vielleicht kommt der Autofahrer auf seinem Weg zu seiner Wohnung oder zur Arbeitsstelle regelmäßig am Friedensplatz vorbei.

➜ *Ihr solltet euch dort postieren und hoffen, dass ihr den freundlichen Herrn bald wieder zu Gesicht bekommt.“* 40

43

Na, wenn das mal kein guter Parkplatz ist. Ihr klettert auf die Motorhaube, dann auf das Dach und von dort aus kommt ihr locker über den Zaun. Smarty will als erster hinüberspringen und stützt sich auf dem Martinshorn ab. Dabei muss er irgendetwas ausgelöst haben, denn urplötzlich fängt die Sirene in voller Lautstärke an zu heulen. Ihr bleibt wie erstarrt stehen. Dr. Seltsam huscht aus Smartys Kapuze und verschwindet quiekend unter dem Auto. Smarty springt hinterher, um ihn wieder einzufangen.

Was nun?

➜ *Du hast das „Polizeihandbuch 11. Auflage“ auf deiner Abenteuerkarte verzeichnet und ziehst es blitzschnell aus der Tasche.* 31

➜ *Ihr stürzt davon, so schnell es geht, bevor euch die Polizisten erwischen. Ihr sucht doch lieber nach Zeugen in der Nachbarschaft.* 44

44

Ihr beschließt, euch aufzuteilen. Jeder bekommt einen Häuserblock und klingelt dort in jeder Wohnung. Der Job ist zeitraubend und ziemlich ätzend. Aber besser, als untätig herumzusitzen. Schließlich müsst ihr die Turbo-Skates finden und zwar schnell. Wenn ihr es bis Samstag früh um 10.00 nicht geschafft habt, dann war die ganze Aktion umsonst.

Aber eure Suche scheint nicht von Erfolg gekrönt. Die einen Türen werden erst gar nicht geöffnet, andere bereits wieder geschlossen, bevor ihr eine Frage stellen könnt. Hin und wieder trefft ihr zwar auch auf nette Leute, die jedoch nichts gesehen und gehört haben.

Nach zwei Stunden Umfrage seid ihr so schlau wie zuvor. Ihr sitzt an der Bushaltestelle direkt gegenüber dem Friedensplatz und gebt euch eurem Frust hin, als du erkennst, wie auf der anderen Straßenseite Oma Schnur mit ihrem Regenschirm winkt.

➜ *Oh je, bloß weg hier, bevor sie wieder ihre scheußlichen Lakritzbonbons aus der Tasche zieht.* 32

➜ *Ihr geht mal rüber, man kann ja nie wissen...* 37

45

Das nennt man Beobachtungsgabe! Kai und Smarty folgen dir zu dem geschlossenen Tor. Während Kai nach rechts und Smarty nach links sichert, kümmerst du dich um das Schloss. Du hast schon von weitem ganz richtig gesehen, dass es nicht vollständig eingehängt war.

➜ *So hast du blitzschnell das Tor auf und ihr drei könnt hindurchschlüpfen.* 49

46

Ihr beide bezieht Posten am Berliner Ring/Ecke Königstraße. Zwar verkehren hier eine Menge Autos, aber euer Zielobjekt ist nicht dabei. Nach mehreren Stunden wollt ihr schon völlig entnervt aufgeben, als Sabrina plötzlich hochfährt: „Da! Da, da. Da, da, da...“ Jetzt siehst du es auch: Ein roter VW Golf mit dem Kennzeichen MD-KS-341. Das ist er! Auf gesattelten Skates sprintest du hinterher. Sabrina stürzt zur Telefonzelle, um Kai Bescheid zu geben.

Glücklicherweise kommt das Fahrzeug im Berufsverkehr nur relativ langsam voran. So kannst du problemlos dranbleiben. Die Verfolgung geht den halben Berliner Ring entlang, durch die Poststraße bis hin zum Wilhelmsplatz. Zweimal siehst du Posten von euch, denen du jeweils winkst und signalisierst, sie sollen Kai informieren.

Schließlich, als der Wagen den Wilhelmsplatz erreicht, wird der Verkehr wieder flüssiger. Jetzt nur nicht verlieren. Plötzlich zieht Kai neben dich und gibt dir zu verstehen, dass er das Fahrzeug ebenfalls im Visier hat.

Es ist schon über den Wilhelmsplatz und biegt gerade in eine Nebenstraße ein.

➜ *Kai und du zischen hinterher.* 30

47

Gnadenlos fegt ihr durch die Straßen, über Gehwege und Treppen, schanzt über Bordsteine und durch Fußgängerpassagen. Gut, dass du wieder in Form bist. In voller Fahrt meldet sich Sabrina per Telefon: „Wir haben ihn noch immer. Er steht im Stau am Ende der Poststraße. Kurz vor der Kreuzung am Wilhelmsplatz. Smarty ist ganz dicht dran.“ Kai lobt: „Megageil! Lasst ihn nicht entkommen. Wir sind unterwegs zu euch.“

Schließlich kommt ihr am Wilhelmsplatz an. Ihr seht Sabrina und Smarty, die aufgeregt winken und davor erkennst du auch euer Zielobjekt. Er ist schon über den Wilhelmsplatz und biegt gerade in eine Nebenstraße ein.

➜ *Kai und du zischen hinterher, denn Smarty und Sabrina sind ohne Skates unterwegs.* 30

48

Zu Fuß macht ihr euch auf den Weg zum Friedensplatz. Denn direkt davor muss nach Jos Angaben auf der Straße der Unfall geschehen sein. Doch ihr staunt nicht schlecht, als ihr seht, dass Straße und Platz bereits für das Inline-Skate-Festival weiträumig abgesperrt wurden.

Kai ist frustriert: „Klasse! Heute ist wirklich nicht unser Tag. Wie sollen wir da jetzt noch rankommen? Außerdem sind die Spuren schon von hunderttausend Leuten kaputtgetrampelt – falls es je welche gab."

Aber du lässt dich nicht unterkriegen: „Kommt schon, Leute. Als wenn so ein popeliger Zaun ZAP von irgendetwas abhalten könnte."

➜ *Wollt ihr trotzdem versuchen, durch die Absperrung zu gelangen?* 53

➜ *Oder versucht ihr, in der unmittelbaren Umgebung Zeugen ausfindig zu machen?* 44

➜ *Ihr könnt aber auch euren Freund Bruder Jakob besuchen – falls ihr nicht schon sein „Rezept" auf der Abenteuerkarte stehen habt.* 42

49

Die Absperrung habt ihr überwunden. Doch was nun? Ihr sucht erfolglos die ganze Straße vor dem Friedensplatz ab. Aber ihr könnt außer Kaugummipapier und Zigarettenkippen nicht viel finden. Plötzlich ruft Smarty: „Hier, hier ist eine Bremsspur." Kai und du stürzen hinüber. Du untersuchst sie: „Stimmt! Sie ist ganz frisch. Mit Sicherheit von heute." „Woher weißt du das?", will Kai wissen. Lächelnd klärst du ihn auf: „Da liegt noch Bremsabrieb als loser Staub auf der Straße. Wäre die Bremsspur älter, hätten vorbeifahrende Autos den längst verteilt." Systematisch sucht ihr jetzt direkt an der Unfallstelle. Das einzige, was ihr findet, sind ein paar blaue Lacksplitter, aber es ist nicht sicher, ob die auch tatsächlich vom Unfallauto stammen. Gerade wollt ihr euch weiter umsehen, als ihr zu Tode erschreckt.

„Ha, da seid ihr ja!", klingt es von hinten. Ihr dreht euch um. Oma Schnur! Die reichlich merkwürdige, lakritzbonbonverteilende Nachbarin von Jo und Sabrina.

➜ *Die hatte euch gerade noch gefehlt.* 37

50

Die Zeit vergeht wie im Fluge. Bis ZAP sich endlich vollzählig vor dem Reihenhaus versammelt hat, ist es bereits früher Abend geworden. Nun aber schlägt eure große Stunde. Gemeinsam baut ihr euch vor der Türe auf, bevor Jo zögernd auf die Klingel „Martha und Albert Rosenfeld" drückt. Im Haus bewegt sich nichts. Jo klingelt noch einmal. Wieder nichts. Jo klingelt ein drittes Mal. Schließlich hört ihr schlurfende Schritte und ein Husten, dann wird die Türe langsam einen Spalt breit geöffnet. Ein Herr mit weißen Haaren, in dem du den Autofahrer erkennst, schaut euch fragend an: „Ja bitte?" Jo sprudelt los: „Erkennen sie mich? Sie haben mich doch am Friedensplatz angefahren und dann nach Hause gebracht. Ich wollte mich nochmals bei ihnen bedanken, weil sie so freundlich und besorgt waren. Und eine Frage hätte ich noch. Haben sie in ihrem Auto meine Turbo-Skates gefunden?" Der ältere Mann schaut irritiert drein: „Angefahren? Friedensplatz? Turbo-Skates? Junge, was soll der Unsinn?" Jo ist verwirrt: „Wissen sie nicht mehr? Sie haben mich doch nach dem Unfall..." ... „Was für ein Unfall? Willst du mich verkohlen? Ich fahre seit dreißig Jahren unfallfrei. Da lasse ich mir doch jetzt nicht etwas anhängen. Was wollt ihr denn? Wollt ihr mich reinlegen und Schmerzensgeld kassieren? Nicht mit mir!"

➜ *Herr Rosenfeld wird ziemlich wütend und beschimpft euch mit hochrotem Gesicht.* 56

51

Am nächsten Morgen in der Schule sucht ihr euch Helfer. Ihr berichtet euren Klassenkameraden von Jos Missgeschick und haut auch Freunde aus den anderen Klassen an. Jo ist beliebt, nicht zuletzt, weil er immer für einen Streich gut ist. Und so habt ihr bei Schulschluss fast sechzig Hilfsdetektive zusammen. Über Mittag macht Kai mit Napoleon einen Einsatzplan und um 14.00 trefft ihr euch alle am Friedensplatz – die meisten auf ihren Skates. Kai verteilt Zettel mit der Autonummer und an jedes Team eine „Secret-Card“ mit der Telefonnummer, unter der er ständig erreichbar ist. Für diesen Zweck hat er sich das Handy seines Vaters geborgt. Kai ist somit die mobile Einsatzzentrale. Alle anderen beziehen jeweils zu zweit Posten über das ganze Stadtgebiet verteilt – jeweils in der Nähe einer Telefonzelle.

➜ *Willst du mit Sabrina zusammen einen Posten beziehen?* 46

➜ *Du bestehst darauf, mit Kai die Einsatzzentrale zu managen?* 41

52

Ihr stürzt zum nahegelegenen Taxistand und schwingt euch in eine beigefarbene Mercedes-Limousine. Der Fahrer schreckt überrascht hoch, kommt jedoch nicht zu Wort, denn Kai ist schneller: „Zum Stadtpark bitte und zwar schnell. Aber nicht durch die Poststraße, denn dort ist Stau!“ Der Fahrer schaut fragend, worauf Kai lediglich mit seinem Handy winkt. Der Fahrer zuckt mit den Schultern und gibt Gas.

Tatsächlich kennt der Mann Schleichwege, von denen du noch nie gehört hast. Als abermals das Telefon klingelt, meldet Sabrina: „Wir haben ihn noch immer. Er steht im Stau am Ende der Poststraße. Kurz vor der Kreuzung am Wilhelmsplatz. Smarty ist ganz dicht dran.“ Kai lobt: “Megageil! Lasst ihn nicht entkommen.

Wir sind unterwegs zu euch." Der Taxifahrer schaut irritiert in den Rückspiegel, sagt aber nichts.

Schließlich kommt ihr am Wilhelmsplatz an. Kai stürzt davon und du musst die Zeche bezahlen.

✔ *18 DM hat der Spaß gekostet. Ziehe sie von deiner Abenteuerkarte ab.*

Du schaust hoch und siehst Kai, wie er aufgeregt bei Sabrina und Smarty steht. Du flitzt hinüber und erkennst im Laufen euer Zielobjekt. Der Wagen ist schon über den Wilhelmsplatz und biegt gerade in eine Nebenstraße ein.

➜ *Kai und du zischen hinterher, denn Smarty und Sabrina sind ohne Skates unterwegs.* 30

53

Wie kommt ihr durch die Absperrung?

→ *Durch das offene Tor?* 35

→ *Durch das geschlossene Tor?* 45

→ *Mit freundlicher Hilfe der Polizei?* 41

54

Das Polizeirevier von Mundingen. Hier herrscht der starke Arm des Gesetzes. Ungern erinnert ihr euch an euer letztes Abenteuer, bei dem ihr einen unfreiwilligen Besuch dieses Gebäudes über euch ergehen lassen musstet. Damals hatte euch Kriminalhauptkommissar Kuckelmann hier gehörig die Leviten gelesen. Doch diesmal sind die Voraussetzungen anders.

Ihr marschiert schnurstracks zum Pförtner und schildert euer Anliegen. Der hat auch großes Verständnis, aber er darf keine Auskünfte geben. Er schickt euch weiter zum diensthabenden Vorgesetzten, einem Herrn Krotzky. Dem schildert ihr die ganze Story dann nochmals haarklein.

„Und was wollt ihr jetzt von mir?“, will er wissen. Kai antwortet wie aus der Pistole geschossen. „Na, die Adresse dieses Fahrers. Dann können wir hin und die Turbo-Skates holen.“ „So einfach geht das nicht. Wir dürfen keine Adressen herausgeben. Aber vielleicht könnte ich eine Streife vorbeischicken.“

In dieser Sekunde öffnet sich die Türe und herein tritt ausgerechnet Kuckelmann. „Sagen sie mal, Krotzky, haben sie die Akte Clausthaler? Oh, wen haben wir denn da? Was haben die Herrschaften den nun schon wieder ausgefressen?“ „Krotzky berichtet seinem Vorgesetzten und möchte einen Vorschlag machen: „Ich wollte gerade eine Streife...“ Doch Kuckelmann unterbricht ihn rüde: „Kommt gar nicht in Frage. Wahrscheinlich ist das Ganze wieder nur ein Hirngespinst von diesen Gören. Setzen sie diese kleinen Chaoten sofort vor die Türe. Oder noch besser: Lassen sie sie von einer Streife nach Hause bringen, dann können sie...“

→ *Mehr hört ihr nicht mehr. Denn klugerweise habt ihr euch rasch aus dem Zimmer geschlichen.* 55

55

Da steht ihr nun. Ihr habt zwar die Autonummer, aber die hilft euch schlichtweg nichts. Denn wie wollt ihr das passende Auto dazu finden?

→ *Was ihr braucht, ist eine klassische Rasterfahndung mit Suchposten an jeder Kreuzung in der Stadt.* 51

→ *Ihr geht aufs Ganze und beobachtet schichtweise den Friedensplatz. Vielleicht taucht der Fahrer ja noch einmal dort auf.* 34

56

Ihr bekommt keine Chance mehr, auch nur ein Wort zu sagen. So laut schimpft euer Gegenüber. Dabei verflucht er Verbrecher, die Jugend im Allgemeinen und besonders euch. Schließlich knallt er euch die Türe vor der Nase zu.

Ihr seht euch leicht geplättet an. Eine vorbildliche Suchaktion mit gelungener Verfolgungsjagd. Kann darauf ein so jähes, erfolgloses Ende folgen? Wo steckt der Fehler? War der Fahrer vielleicht doch der Falsche? Hat Oma Schnur sich in der Autonummer geirrt? Hat der Fahrer ein gestörtes Erinnerungsvermögen? Oder spielt er euch (aus welchem Grund auch immer) eine Show vor? Aber warum? Was steckt dahinter? Das wichtigste aber: Wie kommt ihr jetzt noch rechtzeitig an die Turbo-Skates? Die Zeit drängt und die Fragen harren einer Antwort...

KAPITEL 3
DER COUNTDOWN LÄUFT
BODO
FRISCH
MD-KS 341

Da steht ihr nun. Dieser Herr Rosenfeld ist ja eine coole Nummer. Lässt euch eiskalt abfahren. Ihr haltet Kriegsrat. Vor allem wollt ihr von Jo wissen, ob er sich vielleicht jetzt an den Fahrer oder das Auto erinnern kann. Aber Fehlanzeige. In Sachen Unfall hat Jos Gripskasten noch immer einen Aussetzer. Ihr müsst euch etwas Neues einfallen lassen. Jetzt ist Donnerstag Abend und bis Samstag Vormittag müsst ihr die Skates auftreiben – koste es, was es wolle.

➜ *Ihr könnt das Haus weiter beobachten, um herauszubekommen, ob Herr Rosenfeld etwas zu verbergen hat.* 68

➜ *Ihr könnt nach Hause gehen, euch erstmal wieder richtig ausschlafen und morgen früh besprechen, was ihr weiter unternehmen wollt.* 73

57

Die Überraschung: Kuckelmann scheint euch zu glauben. Zumindest unterbricht er euch nicht sofort. Nachdem ihr ihm die ganze bisherige Story berichtet habt, lässt er sich die beiden Männer beschreiben. Während du versuchst, sie so gut es geht aus dem Gedächtnis zu beschreiben, scheint sich bei Kuckelmann ein bisher offener Kreis zu schließen. Schließlich beendet Kuckelmann das Gespräch: „Also Kinder, ich bin euch ausnahmsweise einmal wirklich dankbar. Wir klemmen uns dahinter. Ich lasse sofort eine Großfahndung anlaufen. Aber ihr Kinder tut euch und mir einen Riesengefallen, wenn ihr euch ab jetzt hundertprozentig aus dem Fall heraushaltet. Klar?"

Gar nichts ist klar. Bis Kuckelmann die Gangster gefunden hat, können Tage vergehen. In nur 12 Stunden jedoch muss Jo seine Turbo-Skates haben, sonst ist es Essig mit dem Sieg.

Ihr entscheidet euch, trotzdem weiterzusuchen.

➜ *Mit einem „Stadtplan" auf der Abenteuerkarte habt ihr vielleicht einen Anhaltspunkt.* 71

➜ *Ohne Stadtplan bleibt euch nur übrig, das alte Industriegebiet zu durchkämmen.* 84

58

Vorsichtig näherst du dich dem Regal mit den Landkarten. Die beiden Typen mit Sonnenbrillen, die hier die Fächer durchstöbern, kommen dir höchst verdächtig vor. Die hast du doch irgendwo schon einmal gesehen.

→ *Hast du einen Dietrich auf deiner Abenteuerkarte stehen?* 87

→ *Ansonsten schleichst du dich langsam näher.* 70

59

Du unterbreitest deinen vier Freunden die unglaubliche Entdeckung. Sie sind ebenso platt wie du, als sie hören, dass es ein zweites Auto mit dem gleichen Kennzeichen gibt. Klar, dass eines von beiden gefälscht sein muss. Und es ist auch nicht schwer zu erraten welches. Ist das nicht ein Hammer? Die verdächtigen Typen waren es also. Jetzt dämmert es auch langsam Jo: „Deshalb kam mir der Lange irgendwie bekannt vor. Kein anderer als dieser Typ hat mich angefahren. Jetzt bin ich mir sicher!"

Nun seid ihr zwar ein ganzes Stückchen schlauer, aber das Auto ist auf und davon.

→ *Ihr macht euch sofort auf die Suche.* 63

→ *Ihr geht erst mal nach Hause zum Abendessen und trefft euch später wieder.* 88

60

In der Buchhandlung am Markt ist Freitagnachmittag immer die Hölle los. Der Laden ist voll und Jana von einem Pulk hilfesuchender Kunden umlagert. Schließlich hat Kai sich zu ihr durchgekämpft. Sie verspricht ihm, in einer halben Stunde eine kurze Pause zu nehmen und dann für euch da zu sein.

Bis dahin stöbert ihr noch ein wenig in den Regalen. Smarty und Kai verschwinden in der Computerbuchabteilung. Jo blättert in einem Buch über Extremsportarten. Sabrina und du bleiben am Krimiregal hängen. Gerade blättert ihr in einem neuen Detektiv-Lexikon, als du plötzlich eine vertraute Stimme hörst.

➜ *Du drehst dich um.* 79

61

Ihr tigert los zu Rosenfelds Haus. Dort setzt ihr euer gewinnendes Lächeln auf und klingelt. Herr Rosenfeld öffnet die Türe und schaut euch an, als wenn er euch fressen wollte: „Schon wieder ihr Gören. Macht, dass ihr wegkommt, oder ich hole die Polizei!“ Ihr weicht unwillkürlich drei Schritte zurück. Nur Sabrina bleibt stehen und lächelt weiter: „Herr Rosenfeld, wir sind gekommen, um uns bei ihnen zu entschuldigen.“ Du verstehst nur Bahnhof. Eigentlich wolltet ihr doch etwas ganz anderes. Aber Sabrinas Strategie geht auf. Sie schmiert dem Mann soviel Honig um den Bart, dass er euch hereinbittet. Drinnen dann bewundert Sabrina erst die geschmackvolle Feuerwehruniform in der Garderobe und lenkt dann das Thema langsam zur Sache.

Rosenfeld ist ganz von Sabrina hingerissen und schon nach einer Viertelstunde habt ihr erfahren, daß Rosenfeld sein Auto grundsätzlich nicht verleiht und zur Unfallzeit sogar mit dem Auto selbst unterwegs war.

➜ *Fehlanzeige also. Da bleibt euch nur noch einmal der Gang zu Oma Schnur.* 75

62

„Leute, seht ihr die Videokamera auf dem Dach?“ Alle Köpfe drehen sich ruckartig um. Was jetzt? Werdet ihr gerade überwacht? So wie sie steht, kann sie zwar die Schranke, nicht aber das Pförtnerhäuschen erfassen.

➜ *Ihr entscheidet euch deshalb, den Weg über das Pförtnerhäuschen zu nehmen.* 72

➜ *Oder geht ihr das Risiko ein und betrachtet euch die Schranke genauer?* 77

63

Zu Fuß zieht ihr los. Die Kerle sind, soviel steht fest, in Richtung Norden verschwunden. Dort gibt es eine Ausfallstraße Richtung Autobahn, den stillgelegten Nordbahnhof, wo Bruder Jakob wohnt, und das alte Industriegebiet. Natürlich können die Typen auch irgendwo abgebogen sein oder angehalten haben. Deshalb geht ihr systematisch vor. Immer Richtung Norden, wobei ihr in alle Nebenstraßen einen detektivischen Blick werft. Jetzt wo ihr wisst, dass ihr nach einem blauen

Kombi sucht, kommt ihr zügig voran. Doch nach über einer Stunde habt ihr den halben Norden der Stadt durchforstet und noch keine Spur gefunden.

➜ *Wollt ihr tapfer weitersuchen?* 82

➜ *Wenn du einen „Stadtplan" auf deiner Abenteuerkarte findest, könnt ihr euch vor Ort ein Bild von der Gegend machen?* 71

64

Bruder Jakob. Hier in der Buchhandlung bei den Kochbüchern. Wo auch sonst sollte sich der alte Knabe herumtreiben. Wahrscheinlich sucht er wieder nach Ideen für seine berühmten Spontanmenues. Du begrüßt ihn freundschaftlich: „Hallo, Bruder Jakob! Wie geht's?" Hocherfreut über deinen Anblick zerquetscht dir Bruder Jakob beinahe deine rechte Hand: „Mensch, Sherlock, was machen denn die Recherchen von ZAP? Gut, dass ich dich sehe. Ich trage schon lange etwas mit mir herum, was ich dir gerne schenken wollte." „Was ist denn das?" „Oh, das ist etwas, was ein guter Detektiv immer bei sich haben sollte. Es ist ein Dietrich." „Ein Dietrich?" „Ja, richtig. Mit einem Dietrich lässt sich jedes Auto- und Türschloss jederzeit im Nu öffnen. Hast du also zur rechten Zeit einen Dietrich parat, kann das nur hilfreich für dich sein."

✔ *Trage auf deiner Abenteuerkarte einen „Dietrich" ein.*

Du bist platt. Woher hat Bruder Jakob als Ex-Pfarrer bloß so ein Ding? Schnell bringst du Bruder Jakob auf den neuesten Stand eurer Ermittlungen, jedoch nicht ohne auf einen brauchbaren Rat zu hoffen: „Haben sie vielleicht eine Idee, die uns helfen kann? Wir haben keine Ahnung, wie wir die Turbo-Skates bis morgen früh finden können." Bruder Jakob lacht: „'tschuldige, Sherlock, aber irgendwie muss der alten Frau Schnur ein Fehler unterlaufen sein. Zufällig kenne ich Albert Rosenfeld. Er war vor einigen Jahren bei mir im Kirchenvorstand und singt heute noch im Kirchenchor. Ein wirklich netter Mensch – und ein guter Christ, wenn ich das mal so sagen darf." Du bist baff. Kann so einer ein Turbo-Skate-Dieb sein? Bruder Jakob berichtet weiter: „Kann ich mir denken, dass er ziemlich sauer war, als ihr ihn gestört habt. Er ist nämlich stellvertretender Kommandant der Mundinger Feuerwehr. Und da hat er oft Schicht- und Bereitschaftsdienst. Wenn ihr ihn nach seiner Schicht erwischt habt, als er sich gerade hinlegen wollte..." Du bist platt. Bei Albert Rosenfeld seid ihr wohl an den Falschen geraten.

➔ *Du verabschiedest dich von Bruder Jakob und suchst weiter nach bekannten Gesichtern.* 79

65

Jetzt beginnt es langsam dunkel zu werden. Doch auf dem gesamten Areal brennt kein Licht. Es scheint völlig verlassen zu sein.

→ *Du betrachtest dir die Schranke genauer.* 77

→ *Du gehst zum ehemaligen Pförtnerhäuschen.* 72

→ *Du warnst deine Freunde vor einer drohenden Gefahr.* 62

66

Bei den Computerbüchern triffst du Kai und Smarty. Die beiden sind voll in die neuesten Internet-Ratgeber vertieft. Du haust sie an: „Sagt mal, wie wäre es, wenn wir unsere Zeit sinnvoll nutzen?“ Kai antwortet: „Tun wir ja, tun wir ja… – Hey Smarty, schau mal, hier steht, was du gesucht hast.“

Hoffnungslos mit den beiden, die schweben bereits im Cyberspace. Dr. Seltsam kann das auch nicht komisch finden und kommt zu dir herübergehüpft. Seit du ihm im brennenden Turm damals das Leben gerettet hast, ist er sehr anhänglich geworden.

➜ *Du schaust dich um, ob es anderswo noch mehr zu entdecken gibt.* 79

67

Du machst Jo auf den Typen aufmerksam. Der runzelt die Stirn: „Den hab ich schon mal irgendwo gesehen. Wenn ich mich nur erinnern könnte…“

Du erzählst Jo von deiner Beobachtung in der Buchhandlung. Und Jo stimmt dir zu, dass der Mann reichlich merkwürdig aussieht. Aber Jo hat andere Sorgen. Er dreht sich um zu Oma Schnur und fragt sie: „Sie schreiben sich oft Autonummern auf oder?“ „Ja, mein Bub. So zwei, dreimal die Woche. Das hält die kleinen grauen Zellen fit.“ „Könnte es da nicht sein, dass Sie vielleicht den Zettel, den Sie uns gegeben haben, irgendwie verwechselt haben? Ich meine, dass es vielleicht die Nummer von einem ganz anderen Auto war, nicht die des Unfallwagens?“ Oma Schnur denkt nach. Dann kichert sie: „Hihi. Also wirklich. Ehrlich gesagt...“ „Ja?“ „Wenn du mich so direkt fragst. Hihi. Ja.“ Kai verdreht die Augen. Sabrina murmelt: „Na, Bravo.“

➜ *Und du wirfst noch einen letzten Blick aus dem Fenster.* 85

68

Ständige Nachtschicht geht allmählich auf die Kondition. Außerdem bekommst du auf Dauer Ärger mit deinen Eltern. Jo und Sabrina geht es ebenso. Deshalb teilen sich Kai und Smarty die Nachtschicht. Smarty ruft kurz zu Hause an, um zu melden, dass er die Nacht bei Kai verbringt. Kai dreht bei seiner Mutter die Geschichte einfach um. Kais Eltern sehen das eben lockerer als deine Eltern.

Ihr anderen schlaft euch mal wieder richtig aus und am nächsten Morgen trefft ihr euch eine halbe Stunde vor Schulbeginn auf dem Schulhof.

Kai und Smarty sehen reichlich mitgenommen aus. Und ihre Motivation scheint auf dem Nullpunkt angelangt. Schnell stellt sich heraus, dass Herr und Frau Rosenfeld den gesamten Abend das Haus nicht verlassen haben. Erst heute Morgen gegen 3.00 hat der Mann das Haus verlassen. Fluchtartig verlassen! Sich im Laufen noch eine Jacke übergezogen, zu seinem Auto gestürmt und mit quietschenden Reifen losgejagt. Smarty, der gerade auf Beobachtungsposten war, konnte ihn dabei unmöglich verfolgen.

Ihr seid euch einig: Verdächtig! Äußerst verdächtig! Der Mann hat etwas zu verbergen. Hat er vielleicht heute Nacht die

Turbo-Skates irgendwo versteckt? Oder ist er geflüchtet? Was sollt Ihr tun?

➔ *Ihr zieht nach Schulschluss wieder zum „Haus Rosenfeld“, um weiter zu beobachten.* 86

➔ *Ihr schaut nach Schulschluss mal bei Kais Kusine Jana vorbei.* 59

69

Dir wird schwarz vor Augen und du kippst zur Seite weg. Waren es Sekunden oder Stunden? Als du die Augen wieder öffnest sitzt du immer noch auf dem Boden. Sabrina und Kai beugen sich über dich und sprechen mit dir. „Komm schon, Sherlock, aufwachen. Hallo! Da bist du ja wieder.“ Du tastest vorsichtig deine Nase ab. Deutlich größer scheint sie geworden zu sein. Sie schmerzt auch höllisch, aber gebrochen ist wohl nichts. Auch die Blutung hat schon stark nachgelassen. Du bist zwar noch etwas benommen, ansonsten aber bei klarem Verstand.

✔ *Doch der Aufprall hatte Folgen. Wenn Du einen „Dietrich“ besessen hast, dann ist er jetzt verbogen und unbrauchbar. Du musst ihn von der Abenteuerkarte streichen.*

➔ *Jetzt aber wollen deine Freunde wissen, was los war.* 59

70

Gerade hast du dich nahe genug an die beiden verdächtigen Personen herangearbeitet, dass du ihre Gespräche verstehen kannst, da klopft dir eine schwere Pranke auf die Schulter. Langsam drehst du dich um. Vor dir steht Bruder Jakob.

Der strahlt wie ein Honigkuchenpferd: „Mensch, Sherlock, was machen denn die Recherchen von ZAP?“ Schnell bringst du Bruder Jakob auf den neuesten Stand eurer Ermittlungen, jedoch nicht ohne auf einen brauchbaren Rat zu hoffen: „Haben sie vielleicht eine Idee, die uns helfen kann? Wir haben keine Ahnung, wie wir die Turbo-Skates bis morgen früh finden können.“ Bruder Jakob lacht: „’tschuldige, Sherlock, aber irgendwie muss der alten Frau Schnur ein Fehler unterlaufen sein. Zufällig kenne ich Albert Rosenfeld. Er war vor einigen Jahren bei mir im Kirchenvorstand und singt heute noch im Kirchenchor. Ein wirklich netter Mensch – und ein guter Christ, wenn ich das mal so sagen darf.“ Du bist baff. Kann so einer ein Turbo-Skate-Dieb sein? Bruder Jakob berichtet weiter: „Kann ich mir denken, dass er ziemlich sauer war, als ihr ihn gestört habt. Er ist nämlich stellvertretender Kommandant der Mundinger Feuerwehr. Und da hat er oft Schicht- und Bereitschaftsdienst. Wenn ihr ihn nach seiner Schicht erwischt habt, als er sich gerade hinlegen wollte...“ Du bist platt. Bei Albert Rosenfeld seid ihr wohl an den Falschen geraten.

Du verabschiedest dich von Bruder Jakob und suchst nach den beiden Männern, die du in der Zwischenzeit aus den Augen verloren hast.

➜ *Da, du hast sie schon wieder im Auge.* **87**

71

Du ziehst den Stadtplan heraus und betrachtest die markierten Stellen. Da, ein Kreis bei der ehemaligen Farbenfabrik AG.

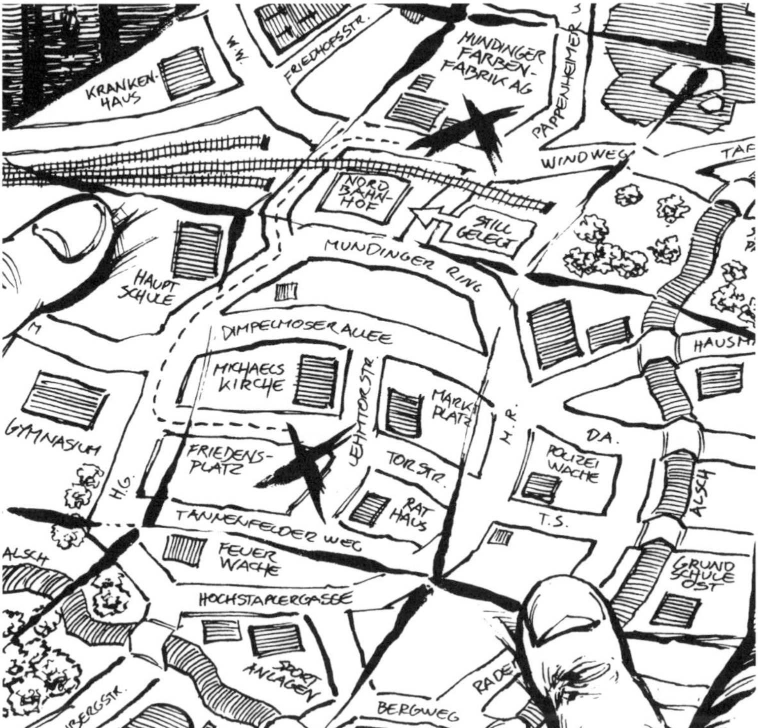

Die liegt genau in eurem Zielgebiet. Ob die da untergekrochen sind? Eine Möglichkeit wäre es immerhin.

➔ *Ihr marschiert zügig zu dem großen verlassenen Firmenareal.* 65

72

Schau an! Schau an! Eine zerschlagene Fensterscheibe. Blitzschnell greifst du durch das Fenster und öffnest die Verriegelung. Zuerst klettert Jo hindurch. Erst auf seine Freigabe hin folgt ihr Jo ins Innere. Dr. Seltsam schaut aus Smartys Kapuze und schnüffelt aufgeregt. Irgendetwas beunruhigt ihn. Er springt aus der Kapuze und verschwindet in einem Flur. Kurz darauf kommt er mit einer winzigen Spraydose im Maul zurück.

„Das ist CS-Gas", flüstert Smarty. So etwas benützt man eigentlich zur Selbstverteidigung. Was macht diese Dose in der stillgelegten Fabrik?

✔ *Sie sieht noch ziemlich neu und unbenutzt aus. Du kannst sie einpacken. Trage sie als „Spraydose" auf deiner Abenteuerkarte ein.*

Dann verlasst ihr das Pförtnerhaus und lauft geduckt entlang der großen Halle, immer schön außerhalb des Blickwinkels der Kamera. Schlagartig erstarrt ihr: Stimmen!

➜ *Vorsichtig schaut ihr um die Ecke.* 89

73

Schweren Herzens trennt ihr euch und seht zu, dass ihr rechtzeitig nach Hause kommt, bevor eure Eltern rebellisch werden. Außerdem wartet da noch ein kleines Päckchen Hausaufgaben...

Am nächsten Morgen hättest du beinahe den Bus verpasst,

so nötig hattest du den Schlaf. Mehr als ein schnelles Stehfrühstück und ein kurzer Blick in Papas Zeitung war leider nicht drin.

In der Schule seid ihr den ganzen Vormittag unkonzentriert und benützt jede Pause, um Pläne zu schmieden. Jo's Stimmung segelt stündlich abwärts. Morgen um diese Zeit ist das Turnier bereits gelaufen. Und so, wie es aussieht, ohne Jo.

➜ *Nach Schulschluss zieht ihr wieder zum „Haus Rosenfeld", um weiter zu beobachten.* 86

➜ *Oder ihr schaut nach Schulschluss mal bei Kais Kusine Jana vorbei.* 59

74

Bei den Esoterik-Büchern scheint heute besonders viel los zu sein. Astrologie, Buddhismus, Die Lehre vom heiligen Schrein, Sektenquatsch und Sternensülze. Also deine Sache ist das nicht. UFOs sind wohl wieder im aktuellen Trend. Schön für die UFOs, schlecht für dich. Hier kannst du beim besten Willen niemanden entdecken, der irgendwie von Interesse für dich wäre.

➜ *Also lass deinen Blick noch einmal in die Runde schweifen.* 79

75

Alle zusammen macht ihr euch auf den Weg zu Oma Schnur. Glücklicherweise ist die mobile alte Dame zu Hause. Denn schon von weitem dröhnt euch laute Hard-Rock-Musik entgegen. Kein Wunder, dass euer Klingeln erst beim neunten Mal erhört wird. Endlich öffnet Oma Schnur die Tür und ist sofort hell entzückt, euch zu sehen. Sofort nötigt sie euch alle auf ihre gigantische Wohnzimmercouch. Hier hätten außer euch vermutlich noch vier Dinosaurier, zwei Lkws und eine Würstchenbude locker Platz. Kai kommt schnell zur Sache, denn die Zeit drängt. Er will wissen, ob Oma Schnur sich bei der Autonummer ganz, ganz sicher sei. Oma Schnur würde einen Eid darauf schwören.

In blumigen Erklärungen beschreibt sie den Unfall noch einmal und schwört hoch und heilig, dass die Autonummer hundertprozentig stimmen müsse...

→ *Vor dir hüpft Dr. Seltsam aus Smartys Kapuze aufs Fensterbrett. Du folgst ihm mit deinem Blick.* 85

76

Flink und beweglich schlängelst du dich durch die Menschentrauben bis zum Regal mit den Musikbüchern. Hier triffst du Oma Schnur. Trotz der Gefahr, ein weiteres ihrer scheußlichen Lakritzbonbons verpasst zu bekommen, sprichst du sie an. Sie ist auch gleich Feuer und Flamme: „Ja, mein Kleiner, wie geht's dir und deinen Spielkameraden denn so? Was macht der kleine Joachim? Geht's ihm wieder besser? Habt ihr das Auto eigentlich gefunden? Ja? Na, das freut mich aber.“ Du berichtest Oma Schnur in groben Zügen von euren Erlebnissen und quetschst sie noch ein wenig aus. Ob sie sich nicht vielleicht doch an den Fahrer erinnern kann? Oder an die Farbe des Autos? „Nein, Kindchen, an die Farbe kann ich mich wirklich nicht mehr erinnern. Und an den Fahrer auch nicht. Es ging ja alles so schnell. Ich weiß nur noch, daß er so eine moderne Sonnenbrille auf hatte, so eine ganz dunkle, wie der Mann da drüben bei den Landkarten.

➜ *Du schaust dich noch einmal um.* 79

77

Bingo! Die Schranke ist gut geölt und offensichtlich regelmäßig in Gebrauch. Sonst wäre die Schiene nicht so blank. Die Chance ist groß, dass ihr hier an der richtigen Adresse seid. Kai lobt deine Beobachtungsgabe. Ihr klettert zusammen rasch über die Schranke und lauft dann geduckt entlang der großen Halle, bis ihr plötzlich erstarrt: Stimmen!

➜ *Vorsichtig schaut ihr um die Ecke.* 89

78

Blinker defekt. Sicherheitsgurt hängt raus, Heckklappe ist nicht ganz geschlossen, wahrscheinlich ist schon längst der TÜV abgelaufen. Doch die Plakette auf dem Kennzeichen kannst du von hier nicht erkennen. Apropos Kennzeichen. Nein! Das kann doch nicht...? Oh, Schei...ben...klei...ster! MD-KS-341!!!!

Das Auto hat die Nummer, die ihr sucht – die gleiche Nummer wie Rosenfelds Fahrzeug. Jetzt heißt es handeln. Du springst auf, kassierst Dr. Seltsam ein, schiebst ihn in deine Jackentasche, springst über Oma Schnurs Couchtisch, schreist: „Mitkommen!!! Ich hab ihn!" und spurtest durch den Flur zur Türe. Dabei hast du gar keine Zeit, dich umzudrehen, du hoffst nur, dass die anderen schnell genug reagieren und dir auf dem Fuß folgen. Die 32 Stufen bis zum Erdgeschoß legst du in sechs Riesenschritten zurück. Unten im Flur reißt du in der Eile einen abgestellten Kinderwagen um, kommst wieder auf die Beine und spurtest zur Haustüre. In der gleichen Sekunde, in der du sie erreichst, geht sie auf. Nach innen! Die Tür donnert dir voll auf die Nase. Du weißt gar nicht, wie dir geschieht. Deine Nase brennt wie Feuer. Blut läuft dir zwischen den Fingern hindurch. Jos Mutter steht im Türrahmen. Sie lässt ihre Einkaufstaschen fallen und stürzt auf dich zu, um dir zu helfen.

➜ *Dir reicht's, du lässt dich sanft an der Wand heruntergleiten und hoffst sehnlich, dass dein Nasenbein den Zusammenprall überstanden hat.* 69

➜ *Du beißt die Zähne zusammen und stürmst an Jos Mutter vorbei ins Freie.* 80

79

Welchem Regal willst du dich vorsichtig nähern?

→ *Kochbücher* 64

→ *Esoterik* 74

→ *Landkarten* 58

→ *Musikbücher* 76

→ *Kinderbücher* 83

→ *Computerbücher* 66

80

Du fängst dich wieder und weichst elegant Jos Mutter aus, huschst durch die Türe und stehst auf dem Gehweg. Zwischen dir und dem Auto sind bereits rund fünfzig Meter. Hättest du nur deine Skates an. So sprintest du zu Fuß hinterher. Doch der Kombi biegt an der nächsten Kreuzung rechts ab und fährt Richtung Norden davon. Jede weitere Verfolgung ist zwecklos. Also schlurfst du schweren Herzens zurück zum Haus.

➜ *Dort steht der Rest von ZAP bereits ratlos vor dem Haus und möchte nun von dir wissen, weshalb du wie ein Tornado losgeschossen bist.* 59

81

Na und, seit wann versuchst du dich als Verkehrspolizist?
➜ *Kümmere dich um die WICHTIGEN Sachen!* 85

82

Eigentlich bleibt jetzt nur noch eine Möglichkeit, sofern die Verdächtigen nicht bereits auf der Autobahn und über alle Berge sind. Ihr denkt an das alte Industriegebiet. Dort stehen einige Bauruinen früherer Lagerhallen, die größtenteils heute gar nicht mehr genutzt werden.

Gerade wollt ihr dorthin losziehen, als neben euch ein Auto hält. Ausgerechnet Kommissar Kuckelmann hat euch aufgegabelt: „Na, meine Freunde, wieder auf Verbrechersuche? Oder warum seid ihr sonst um diese Zeit noch im Pulk unterwegs?“

Betretenes Schweigen. Kuckelmann dämmert, dass er ins Schwarze getroffen hat. „Also dann: nun mal raus mit der Sprache oder ich kassiere euch ein und ihr schlaft diese Nacht in der Ausnüchterungszelle."

➔ *Es bleibt euch kaum etwas anderes übrig. Deshalb erzählt ihr Kuckelmann die ganze Story von Anfang an.* 57

83

Puh, ist das hier voll. Die Luft ist stickig und der dumpfe Lärm macht einen richtig träge. Du kämpfst dich mühsam zum Regal mit den Kinderbüchern durch. Doch hier gibt es niemanden, den du kennst.

➔ *Tja, dann solltest du es vielleicht doch noch einmal in einem anderen Eck der Buchhandlung versuchen.* 79

84

Die Straßen sind geradezu gespenstisch leer. Zwar ist es noch nicht ganz dunkel, aber die Dämmerung bricht schon langsam herein. Nur wenige Autos stehen vereinzelt in Höfen oder vor Bürogebäuden. Viele Gebäude hier sind verlassen. Die Firmen sind entweder bankrott oder schon vor Jahren in das neue, größere Industriegebiet im Süden Mundingens umgezogen. Bisher war alles Fehlanzeige. Das ist wie die Suche nach der Nadel im Heuhaufen.Gefunden habt ihr lediglich einen alten ausrangierten Wagenheber, der aber noch funktioniert.

✔ *Wenn ihr ihn vielleicht noch einmal gebrauchen könnt, dann trage ihn als „Wagenheber“ auf deiner Abenteuerkarte ein.*

Schließlich seid ihr ganz in der Nähe des ehemaligen Nordbahnhofes gelandet. Vor euch seht ihr den verschlungenen Komplex der ehemaligen Mundinger Farbenfabrik AG.

Ob die Gesuchten hier untergekrochen sind? Eine Möglichkeit wäre es immerhin.

→ *Ihr marschiert zügig zu dem großen verlassenen Firmenareal.* 65

85

Hoppla, was ist denn das?

→ *Die stehen doch im Halteverbot?* 81

→ *An dem Typ mit Sonnenbrille muss einfach etwas faul sein.* 67

→ *Da stimmt doch was nicht an dem Wagen.* 78

86

Als ihr zum Haus der Rosenfelds kommt, steht kein Auto vor der Türe und es sieht so aus, als sei niemand zu Hause. Das ist die Chance, mal einen Blick durch die Fenster zu werfen. Während die anderen sichern, kletterst du mit Sabrina über den Zaun und schleichst dich vorsichtig an das Wohnzimmerfenster. Etwas besonderes gibt es dort nicht zu entdecken. Auch nicht in der Küche. Als ihr einen Blick durch das kleine Fenster neben der Haustüre werft, seht ihr jedoch etwas Merkwürdiges: In der Garderobe hängt ein dunkler Kampfanzug mit Gasmaske, darunter stehen große Stiefel. Wozu braucht ein normaler Mensch eine solche Montur?

Da ertönt von hinten ein unverkennbarer Warnpfiff von Kai. Das Auto kommt zurück! Blitzschnell sprintet ihr beide in Deckung hinter einen großen Rhododendronbusch.

Da kommt auch schon das Auto zum Stehen. Herr Rosenfeld steigt langsam aus, er sieht ziemlich übermüdet aus. Sein Gesicht ist stark geschwärzt von Ruß und er macht einen sehr verschwitzten Eindruck. Du erkennst, dass er am Gürtel eine Art Handy trägt. Vor der Türe bleibt er stehen und sucht in seinen Taschen nach dem Schlüssel. Er öffnet das Haus und lässt mit den deutlichen Worten „jetzt erst einmal ein heißes Bad…" die Haustüre hinter sich ins Schloss fallen.

So wie es aussieht, gibt es hier auf absehbare Zeit nicht viel zu erfahren. Da könnt ihr auch mal bei Jana in der Buchhandlung vorbeischauen.

→ *Vielleicht kann sie euch einen goldenen Tip geben.* 59

87

Genau in diesem Moment scheinen die beiden gefunden zu haben, was sie suchten. Sie schwenken einen Stadtplan von Mundingen und stürzen damit zur Kasse. Rücksichtslos bahnen sie sich einen Weg durch die Kundenmassen. Du bleibst dran. Auch an der Kasse drängeln die beiden sich eiskalt vor, zahlen und gehen dann rasch zum Haupteingang raus. Du flitzt hinterher bis zum Eingang und siehst, wie die beiden in einen dunkelblauen Kombi steigen und abbrausen. Mehr als nur merkwürdig. Du gehst zurück in die Buchhandlung und schaust auf die Uhr. Oh, die halbe Stunde ist ja schon vorbei. Schnell flitzt du zur Hauptkasse. Dort steht auch schon Jana mit dem Rest von ZAP zusammen.

Jo berichtet über eure Erlebnisse und vor allem über eure Sorgen. Jana hört aufmerksam zu. Dann fragt sie noch einmal nach: „Und dieser Rosenfeld hat also wirklich so getan, als ob er dich noch nie gesehen hätte? Merkwürdig!" „Nein!" Alle drehen sich zu dir um. Du wiederholst: „Nein! Ist gar nicht merkwürdig. Ich habe gerade Bruder Jakob getroffen..." Du gibst Bruder Jakobs Informationen an die anderen weiter. Jana fasst zusammen: „Also Jo wurde von einem Auto angefahren, dessen Autonummer ihr habt. Der passende Fahrer behauptet jedoch, nichts davon zu wissen – und er ist glaubwürdig. Da bleiben also eigentlich nur zwei Möglichkeiten: Entweder, ihr habt die falsche Autonummer oder jemand ist in Rosenfelds Abwesenheit mit seinem Auto unterwegs gewesen."

➜ *Wollt ihr euch noch einmal zu Rosenfeld wagen und ihn fragen, ob er sein Auto vielleicht verliehen hat?* 61

➜ *Besser, ihr sucht Oma Schnur auf und checkt mit ihr noch einmal die Autonummer ab?* 75

88

Lustlos schlingst du dein Essen in dich rein. Zum Glück war Dr. Stein gnädig und hat euch übers Wochenende vor Hausaufgaben verschont. Während des Essens grübelst du ständig darüber nach, wo ihr die beiden mit ihrem blauen Kombi wohl auftreiben könnt.

Während du brütest, verdichtet sich ein Gedanke: Jetzt wo ihr wisst, dass zwei Männer mit einem gefälschten Kennzeichen unterwegs sind, müsstet ihr euch eigentlich an die Polizei wenden. Wenn das nicht reicht, um Kommissar Kuckelmann aktiv werden zu lassen, was dann?

Später trefft ihr euch wieder bei Kai und du bringst deinen Vorschlag gleich an. Doch deine Freunde sind geteilter Meinung. Ihr seid euch nicht sicher, ob Kuckelmann euch überhaupt irgendetwas glauben wird.

➜ *Wollt ihr trotzdem bei der Polizei anrufen?* 57

➜ *Ihr zieht lieber auf eigene Faust los und sucht die Kerle, die Jos Turbo-Skates kassiert haben?* 63

89

Schnell zieht ihr die Köpfe wieder zurück. Vor euch, nur wenige Meter entfernt, stehen vor einem erleuchteten Rolltor die beiden Ganoven, hinter denen ihr her seid. Sie rauchen beide und unterhalten sich dabei mit gedämpften Stimmen. Erst als sich eure Ohren daran gewöhnt haben, könnt ihr das Meiste verstehen, was gesprochen wird:

„... bist dir wirklich sicher, dass das so einfach geht?" „Klar, schließlich haben ... noch nie so gut recherchiert ... die Kasse ist in einem Wohnwagen ... mindestens 40.000 ..." „Aber, wird uns keiner aufhalten?" „... unnötige Sorgen. Sind alles nur harmlose Skater wie dieser Milchbubi ... haben Schiss ... und schließlich haben wir ja Pistolen."

Ihr traut euren Ohren nicht. So wie es klingt, haben die beiden vor, morgen die Kasse beim Inline-Festival zu klauen, zur Not mit Waffengewalt. Wo seid ihr da hineingeraten? Könnt ihr den Coup noch irgendwie verhindern? Aber wie, wenn die beiden Ganoven bewaffnet sind? Und wo sind Jos Turbo-Skates, wegen denen ihr eigentlich hier seid? Was auch immer es zu bedenken gilt, in den nächsten Minuten müsst ihr eine schwere Entscheidung treffen...

KAPITEL 4
SIEG ODER GERECHTIGKEIT?
TO LIVE TO FLY
GROSSES INLINE SKATING

Ihr seid am Ziel eurer Suche. Vor euch stehen zwei ausgewachsene Gangster, die einen brutalen Raubüberfall planen. Sie fälschen Autokennzeichen, sehen aus wie Mafiosi und haben Schusswaffen. Das ist kein Spiel. Das ist blutiger Ernst. Jetzt geht es nicht mehr nur um ein paar verschwundene Skates. Jetzt geht es darum, ein Verbrechen zu verhindern – und möglichst unbeschadet aus der ganzen Sache herauszukommen. Aber wie? Was schlägst du deinen Freunden von ZAP vor?

➜ *Ihr beobachtet weiter, um zu sehen, ob ihr etwas unternehmen könnt.* 117

➜ *Ihr zieht euch rasch zurück und alarmiert die Polizei.* 103

90

Für Jo ist es keine Frage: „Leute, ich schaffe das! Jetzt, wo ich meine Turbo-Skates wiederhabe, steht meinem Sieg nichts mehr im Wege. Wer kommt mit?“ Eure Antwort ist einstimmig und gemeinsam macht ihr euch auf den Weg. Kuckelmann ist sogar so freundlich, euch von einer Streife zum Festival bringen zu lassen. Seine Bedingung: Hinterher kommt ihr alle noch einmal zur Farbenfabrik zurück. Kuckelmann geht davon aus, dass er hier noch den ganzen Tag mit Spurenauswertung und dem Verhör der beiden Verbrecher beschäftigt sein wird. Und dazu benötigt er eure Zeugenaussage.

Noch seid ihr früh dran. Aber Jo und Kai nützen die Gelegenheit, die schwer gebeutelten Turbo-Skates noch einmal komplett auseinanderzunehmen und zu checken. Wäre ja unangenehm, wenn sie einen Schaden erlitten hätten und ausgerechnet in der Halfpipe auseinanderfallen würden.

Sabrina, Smarty und du kümmert euch um ein provisorisches Frühstück. Bei trockenen Brötchen und kaltem Kaba aus der Packung beobachtet ihr, wie Jo und Kai Teil für Teil die Skates wieder zusammenbauen. Als sie fertig sind, bleibt Jo sogar noch genügend Zeit, sich warmzulaufen, bis er beim Turnier einchecken kann.

Endlich ist es soweit. Das große Inline-Skate-Turnier beginnt. Und was ihr alle bis vor wenigen Stunden noch nicht geglaubt habt, wird Wirklichkeit: Jo ist mit am Start. Ihr habt euch bereits einen Platz in der ersten Reihe gesichert. Ganz nahe bei der Halfpipe. Im ersten Durchgang müssen die Skater bestimmte, festgelegte Figuren fahren, springen und grinden. Jo hält sich prima und ist am Ende auf Platz 2, nur wenige Punkte hinter dem Führenden.

➜ *Doch dann kommt der entscheidende Durchgang, Jos Lieblingsdisziplin: die Kür.* 105

91

Was jetzt? Du kannst davon ausgehen, dass Kai in der Zwischenzeit die Polizei verständigt hat. Wenn alles gutgeht, dann wird in spätestens fünfzehn Minuten hier die Hölle los sein. Doch vorher solltest du unbedingt deine Freunde befreien, dass sie von den Gangstern nicht auch noch als Geiseln eingesetzt werden. Das könnte sonst böse ausgehen. Vor der Befreiungsaktion solltest du jedoch erst einmal in Erfahrung bringen, wo die beiden Verbrecher stecken. Vorsichtig trittst du durch eine Türe auf den großen Hof. Drüben siehst du Licht hinter dem offenen Rolltor. Leise schleichst du dich an. Vom Rolltor aus kannst du sehen, wie die beiden an ihrem blauen Kombi herumschrauben. Du kannst sogar verstehen, was sie sagen. „O.K.! Der Wagen ist fertig. Der ist so getunt, dass kein Bulle der Welt uns mehr einholen kann. Na, dann sollten wir sehen, dass wir vor Morgen noch eine Mütze voll Schlaf bekommen. Aber vorher müssen wir noch entscheiden, was wir mit den jungen Schnüfflern machen. Da unten im Keller sind sie mir zu weit weg. Ich denke, es ist sicherer, wir holen sie hier hoch und fesseln sie mit Handschellen ans Auto. Da haben wir sie bei uns, falls irgendwelche Überraschungen geschehen sollten.“ Mist! Jetzt musst du handeln, wenn du das Schlimmste verhindern möchtest. In diesem Augenblick entsteht im Hof ein Höllenlärm, weil ein halbes Dutzend Mülltonnen krachend umfallen. Die Gauner stürzen sofort mit gezogenen Pistolen heraus. Das ist deine Chance! Hinter ihrem Rücken springst du hinein und zum Treppenaufgang am anderen Ende der Halle. Mit je zwei Stufen auf einmal stürmst du nach oben auf eine geöffnete Türe zu. Von deinem Lärm wieder angelockt, kommen die beiden Ganoven zurück in die Halle gerannt.

➜ *Doch bevor sie die Möglichkeit bekommen, ihre Ballermänner zum Einsatz zu bringen, bist du schon durch die offene Türe gehechtet.* 94

92

„Danger" kann dich nicht mehr schocken. Der englische Name für Gefahr ringt dir nur ein mühseliges Lächeln ab. Du öffnest die Türe vorsichtig und schaust in einen kleinen Raum voller Kartons. Schnell trittst du ein und wirfst einen Blick auf die Kartons. Sie scheinen alle bis zum Rand mit Styroporchips gefüllt zu sein. Du wühlst in einem der Kartons, kannst aber außer Styropor nichts finden. Reine Zeitverschwendung!

➜ *Nichts wie zurück und eine der anderen Türen ausgecheckt.* 94

93

Dann dreht er sich zu Jo um und reckt den Daumen nach oben. Die Blicke von Jo und dir treffen aufeinander, dann antwortet ihr mit der gleichen Geste. Langsam kommen immer mehr Polizisten. Kuckelmann wird zum Streifenwagen gerufen, wo er einige Zeit am Autotelefon spricht. Dann kommt er mit ernstem Gesicht auf euch zu. Dr. Seltsam fängt kurz an zu knurren, bis Smarty ihn ermahnt. Kuckelmann baut sich vor euch auf und beginnt langsam, mit autoritärer Stimme: „ZAP. Ich glaube, euer Name ist Programm. Auch wenn es mir nicht passt, so muss ich mich wohl bei euch bedanken. Ohne euch hätten wir die beiden Ganoven nie dingfest machen können, und ohne euch hätten wir sie auch nicht dingfest behalten. Soeben habe ich übrigens erfahren, dass es eine schlechte und eine gute Nachricht für euch gibt."

Er grinst dabei bis über beide Ohren: „Zuerst die schlechte: Jo, wegen mutwilligen Verlassens des Turniergeländes wurdest du leider vom Turnier disqualifiziert. Der Sieg und die Prämie von DM 2000,- geht somit an deinen Konkurrenten." Jo schaut niedergeschlagen zu Boden. Ihr müsst ihn wieder aufbauen. Sabrina nimmt ihren Bruder in den Arm und du boxt ihm freundschaftlich auf den Oberarm: „Komm schon, Jo, Kopf hoch! Für die popeligen 2000 Eier hätten wir eh keine gescheite Halfpipe hinstellen können..."

→ *Aber Kuckelmann räuspert sich: „Jetzt kommt die gute Nachricht."* 120

94

Du befindest dich in einem langen Flur mit vielen Türen. Welche davon öffnest du?

➜ *Türe 301* 101

➜ *Türe 302* 107

➜ *Türe 303* 113

➜ *Türe „Danger“* 92

➜ *Türe „F“* 118

95

Eine Telefonzelle in einem stillgelegten Industriegebiet ausfindig machen zu wollen, gleicht der Suche nach einer Eisdiele in der Wüste Gobi. Schlichtweg Unfug! Darum seid ihr eine ganze Weile unterwegs bis ihr solch ein unscheinbares kleines Häuschen findet. Kai stürzt hinein, stutzt und dreht sich wieder um. „Was ist los?“, willst du wissen: „Das ist...!“ Kai hält den Hörer in deine Richtung. Daran baumeln noch ganze zehn Zentimeter Kabel. Doch Kai hat bereits weiter gedacht: „Bruder Jakob wohnt doch gleich hier um die Ecke. Wie wäre es, wenn wir von dort aus...“ Ein Schuss zerreißt die nächtliche Stille. Ein markerschütternder Schrei gellt durch die Nacht. „Au wie, ... die anderen ...!?!“ Kai wird kreidebleich. Jetzt heißt es handeln. Du trennst dich von Kai: „Zum Telefonieren reicht einer. Lauf du zu Bruder Jakob, ich schau nach, was da los ist.“ Dann sprintest du in Richtung Farbenfabrik zurück...

➜ *Kai stürmt quer durch die Büsche in Richtung altes Stellwerk.* 116

96

Du gibst die Kombination 4-3-4-1 ein. Zunächst geschieht nichts. Plötzlich klickt es hörbar und die Türe schwingt automatisch auf. Du pfeifst leise durch die Zähne. Vor dir liegt die Kommandozentrale der Banditen: Ein chaotischer Schreibtisch, Stadtpläne an der Wand, Funkgeräte, Schrotflinten, Messer... – ein ganzes Waffenarsenal. An der Wand hängt ein Schlüsselbrett mit einem einzigen Schlüssel. Dein Blick fällt auf den Bürostuhl. Ist das denn die Möglichkeit? Über dessen Lehne hängen die Turbo-Skates.

✔ *Trage die „Turbo-Skates“ und den „Schlüssel“ auf deiner Abenteuerkarte ein.*

➜ *Jetzt aber schnell wieder auf den Flur und einen Fluchtweg suchen, bevor es endgültig zu spät ist.* 94

97

Gelenkig wie ein junges Reh zwängst du dich rasch in das Schränkchen zu Dr. Seltsam. Zu zweit macht ihr euch ganz klein. Geschafft! Keine Sekunde zu früh, denn genau in diesem Moment stürzen die beiden Gangster mit Pistolen ins Pförtnerhäuschen. Jo, Smarty und Sabrina werden eiskalt erwischt. Sie nehmen die Hände hoch. Du verhälst dich mucksmäuschenstill.

Der Dicke meint zu seinem Komplizen: „Soll’n wir sie gleich hier umpusten?“ Der andere jedoch winkt ab: „Spinnst du? Ich weiß was viel Besseres.“

Dann treiben die Gangster deine drei Freunde vor sich her. Schließlich herrscht absolute Stille im Pförtnerhäuschen und du öffnest langsam und vorsichtig die Schranktüre.

➜ *Niemand ist zu sehen.* 91

98

Kuckelmann stürzt an dir vorbei, dichtauf gefolgt von zwei Polizisten. Die Drei sprinten los, als wollten sie die Olympiade gewinnen. Du düst mit Kai, Smarty und Sabrina ebenfalls zum Flussufer, um dabei zu sein, wenn Jo an Land gebracht wird. Kuckelmann schwimmt zur Flussmitte, während die anderen beiden Polizisten sich um Wagen und Verbrecher kümmern. Der Kommissar hat euren Freund beinahe erreicht, da rudert er aufgeregt mit den Armen. Smarty und Sabrina merken sofort, dass etwas nicht stimmt und springen in die Fluten. Du hechtest hinterdrein und kraulst ebenfalls Richtung Flussmitte. Wie alles weitergeht, weiß keiner von euch mehr richtig auszumachen. Fest steht, dass ihr sowohl Jo mit seinen schweren Inline-Skates an den Beinen, als auch Kuckelmann mit einem Wadenkrampf heil ans Ufer bringt.

Kurz nach euch kommen die beiden Polizisten mit dem bewusstlosen Gangster im Schlepptau. Als sie den Verbrecher umdrehen, läuft ihm Wasser aus Nase, Mund und Ohren. Durch den nun einsetzenden fürchterlichen Hustenkrampf spuckt er in hohem Bogen einen kleinen Fisch aus. Das ist die Komik einer dramatischen Situation. Du kannst nicht anders und brichst in schallendes Gelächter aus. Es ist ein erlösendes

Lachen, in das schließlich alle Umstehenden einstimmen. Selbst Kuckelmann! – Und du bist dir sicher, ihn das erste Mal lachen zu hören.

➜ *Noch lachend dreht er den Verbrecher auf den Bauch und lässt die Handschellen einschnappen.* 93

99

Du zückst den Schlüssel und probierst ihn aus. Passt! Die beiden Gangster hörst du bereits auf der Treppe. Du drehst den Schlüssel, die Türe springt auf und du stehst in einem schmalen Treppenhaus. Die Treppe führt entweder nach unten ins Ungewisse oder nach oben auf das Dach. Welche Richtung möchtest du einschlagen? Jetzt hörst du in der Ferne Polizeisirenen, die rasch lauter werden. Doch nicht nur du scheinst das Martinshorn gehört zu haben. Deine Verfolger haben es nämlich plötzlich viel eiliger. Sie kommen mit raschen Schritten näher. Was machst du nun?

➜ *Du folgst der Treppe nach oben, vielleicht gibt es dort eine Fluchtmöglichkeit?* 110

➜ *Du folgst der Treppe nach unten, denn dort vermutest du deine Freunde.* 119

100

Am Rolltor angekommen, geht es durch eine große Halle bis zum anderen Ende, wo sich eine Stahltüre befindet. Du merkst dir euren Weg genau, damit du die Orientierung nicht verlierst. In der Halle siehst du auch den blauen Kombi mit dem gefälschten Nummernschild stehen. Als ihr vorbeikommt ruft Jo plötzlich „meine Skates" und stürzt zur Heckklappe. Doch bevor er auch nur zwei Schritte weit gekommen ist, hat der Lange ihm auch schon mit seiner Knarre eine übergebraten. Jo klappt lautlos zusammen. Sabrina und Smarty stützen ihn und schleppen ihn weiter mit. Euer Weg führt euch durch die Stahltüre eine enge Treppe mehrere Stockwerke hinab. Von einem langen Flur gehen rechts und links mehrere Stahltüren ab. Hier wird jeder von euch in einen anderen Raum gesperrt. Der Raum, in dem du landest ist klein und voll alter Fässer und Schläuche. An der Wand siehst du die Leitungen einer alten Rohrpostanlage.

Da sitzt du nun. Irgendwie ist die Sache gründlich schiefgelaufen. Wenn ihr hier nicht selbst herauskommt, dann ist das euer Ende. Hier könnt ihr vermodern, bis vielleicht in hundert Jahren jemand eure Skelette findet. Schöne Aussichten!

➜ *Hast du einen „Dietrich" auf deiner Abenteuerkarte?* 104

✔ *Ansonsten kannst du noch eine Weile schmoren.* 114

101

Gleich die erste Türe macht dir das Leben schwer. Sie lässt sich nicht öffnen. Neben der Türe ist ein Zahlenschloss angebracht. Jetzt müsste man Hellseher sein oder die Zahlenkombination haben.

➜ *Hast du die „Zahlenkombination“ auf deiner Abenteuerkarte?* 96

➜ *Wenn nicht, dann versuch es bei einer anderen Türe.* 94

102

Skates und Ganoven verkeilen sich mit ohrenbetäubendem Lärm. Du siehst dich hilfesuchend um, denn dir ist klar, dass damit die Verfolgung nur für kurze Zeit aufgeschoben wurde. In wenigen Sekunden werden die beiden wieder auf den Beinen sein. Doch gerade als sie sich hochrappeln wollen, ertönt hinter ihnen eine schneidende Stimme durch ein Megaphon: „Hände hoch, Polizei!“ Noch nie in deinem Leben hast du dich so sehr über den Anblick von Kommissar Kuckelmann gefreut. Wenigstens einmal war er zum richtigen Zeitpunkt an der richtigen Stelle. Erschöpft lässt du dich an der Wand entlang auf den Boden rutschen, während immer mehr uniformierte Polizisten in den Gang strömen. Schließlich kommt auch Kai, der die Polizisten alarmiert hatte.

Kurz darauf werden Smarty, Jo und Sabrina befreit. Zum Glück sind alle unversehrt – wenngleich auch etwas bleich um die Nase und ganz schön übernächtigt.

Kai berichtet, dass die Polizei schon seit Stunden das ganze Areal umstellt hatte, aber zunächst vorsichtig die Lage erkunden wollte. Als dann auf einmal Bewegung und Lärm entstand, hatte Kuckelmann befürchtet, die Verbrecher würden euch etwas antun und befohlen, das Gelände zu stürmen.

Als ihr alle zusammen in den Hof hinausgeht, beginnt der Morgen zu grauen. In wenigen Stunden beginnt das große Turnier.

➜ *Ist das für euch noch aktuell?* 90

➜ *Ihr habt die Schnauze so voll, dass ihr das Turnier abschreibt und euch erst einmal zu Hause aufs Ohr hauen wollt.* 112

103

Auf deinen Wink hin schleichen alle langsam und leise zurück bis zum Pförtnerhäuschen. Dort schlägst du deinen Freunden vor, schnell zur nächsten Telefonzelle zu flitzen und die Polizei anzurufen. Kai nickt. Doch Jo ist strikt dagegen: „Mensch, überleg mal. Bis die Polizei kommt, sind die doch schon längst über alle Berge – mit meinen Turbo-Skates!“ Sabrina ist ausnahmsweise mal mit ihrem Bruder einer Meinung: „Wir können es uns nicht leisten, die Verbrecher unbeobachtet zu lassen.“ Aber sie schlägt einen Kompromiss vor: „Kai und Sherlock suchen eine Telefonzelle, während Smarty, Jo und ich die beiden Gauner im Auge behalten.“ Das passt dir zwar nicht so ganz, aber du beugst dich der Mehrheit.

➜ *Kai und du machen sich auf den Weg, um eine Telefonzelle zu suchen.* 95

104

Du fummelst den Dietrich aus deiner Tasche und steckst ihn von innen in das Schloss. Doch soviel du auch drehst und drückst – nichts tut sich. Als du gerade verzweifelt aufgeben willst, hörst du hinter dir ein Scharren. Du drehst dich um – vor dir sitzt Dr. Seltsam auf dem Boden und schaut dich mit schiefgelegtem Kopf an. Wo kommt der denn her? Du streichelst ihm über den Kopf, bevor er quiekend in das hintere Eck des Raumes hüpft. Dort entdeckst du eine Art Entlüftungsschacht. Dr. Seltsam quiekt abermals auffordernd und hüpft hinein. Aha, das könnte also ein Weg nach draußen sein. Kurzentschlossen kletterst du hinter Dr. Seltsam her. Es geht fast senkrecht nach oben, aber der Schacht hat genau die richtige Breite und Rillen, die dir ein lockeres Aufsteigen ermöglichen. Nach unzähligen Metern, wie dir scheint, landest du an einer Wartungsöffnung. Du schaust vorsichtig hinaus und siehst, dass du in einem anderen Raum gelandet bist. Diesmal über der Erde, denn eine Straßenlaterne leuchtet matt durch ein Fenster herein. Du kletterst heraus und folgst Dr. Seltsam durch den Raum auf einen Flur, den du vorsichtig entlangschleichst.

➜ *Schließlich landest du in einer kleinen Halle.* 91

105

Jos Hauptkonkurrent legt ein paar irre Figuren hin, aber ihr wisst, dass Jo mehr drauf hat. Bald darauf tritt euer Freund an den Start. Jo zeigt ein Feuerwerk an Sprüngen, Rollen, Salti. Die Zuschauer johlen vor Begeisterung. Einige reißt es von den Sitzen. Dich auch. Was ihr seht, das ist Skating-Kunst in Perfektion.

Plötzlich wirst du unsanft umgestoßen. Unter den Zuschauern bricht Panik aus. Du stellst dich auf Zehenspitzen und traust deinen Augen kaum. Mitten durch die Menschenmenge kommt ein Polizeiauto gerast. Aufgescheuchte Zuschauer springen aus der Todeslinie. Am Steuer des Streifenwagens erkennst du einen der beiden Ganoven. Im letzten Moment springst auch du zur Seite. Der Wagen rollt dicht an der Halfpipe entlang, durchbricht eine Absperrung und biegt auf die freie Straße ein. Der Typ gibt Vollgas. In dieser Sekunde wirst du ein zweites Mal umgestoßen: Es ist Kuckelmann, begleitet von einer ganzen Kompanie Polizisten: „Das ist ein harter Kampf. Dieser Kerl ist ein Profi, der auch seine letzte Chance zu nutzen weiß."

Du reagierst blitzschnell und machst Jo mit einem lauten Pfiff auf dich aufmerksam. Der hat jedoch das Geschehen bereits beobachtet. Du signalisierst ihm mit der ausgestreckten Hand, er solle jumpen.

➜ *Jo überlegt keine Sekunde – er tut's.* 109

106

Schnell wie ein Eichhörnchen springst du unter den Tisch. Genau in diesem Moment stürzen die beiden Gangster mit Pistolen ins Pförtnerhäuschen. Jo, Smarty und Sabrina werden eiskalt erwischt. Sie nehmen die Hände hoch. Du verhältst dich mucksmäuschenstill.

Der Dicke meint zu seinem Komplizen: „Soll'n wir sie gleich hier umpusten?" Der andere jedoch winkt ab: „Spinnst du? Ich weiß was viel besseres."

In deiner Nase kitzelt es auf einmal ganz merkwürdig. Ausgerechnet jetzt spürst du in dir einen unbändigen Drang zum Niesen. Schuld ist der jahrealte Staub auf dem Fußboden. Hoffentlich kannst du es noch unterdrücken, bis du allein bist. Aber es ist zu spät. Mit einem Riesenkrach explodiert deine Nase förmlich. Du schließt die Augen. Als du sie öffnest, schaust du direkt in den Lauf einer Pistole:

„Wen haben wir denn da? Da muss wohl irgendwo ein Nest sein." Der Lange winkt dich zu den anderen und schulterzuckend gesellst du dich zu ihnen. Dann treiben die Gangster euch vor sich her zurück über den Hof bis zu dem Rolltor, an dem ihr die beiden belauscht habt.

→ *Dein Herz klopft wie wild. Was die beiden wohl mit euch vorhaben?* 100

107

Du öffnest die Türe und siehst vor dir einen kleinen Raum, der wohl als provisorische Schlafstatt dient. Hier stehen zwei Feldbetten, überall liegen Zigarettenstummel, dreckige Klamotten und leere Bierdosen. Es sieht aus wie in einer echten Räuberhöhle, was es in Wirklichkeit wohl auch ist. Schnell gleitet dein Blick durch den Raum. Weiter kommst du von hier aus nicht. Aber auf einem Nachttischchen findest du einen Zettel mit einer Zahlenfolge: 4-3-4-1. Wozu die wohl dient?

✔ *Sicherheitshalber greifst du dir den Zettel mit der „Zahlenkombination" und trägst sie auf deiner Abenteuerkarte ein.*

➜ *Dann gehst du zurück auf den Flur.* 94

108

Blitzschnell bist du an der Türe. Du drückst die Klinke. Du rüttelst und schlägst mit dem Fuß dagegen. Nichts! Sie bewegt sich nicht. Fluchend drehst du dich um – und schaust direkt in zwei großkalibrige Pistolen. Die Ganoven haben euch erwischt. Der Lange dreht sich grinsend dem Dicken zu: „Na, hab ich dir's nicht gesagt: Milchbubis! Und jetzt können sie uns nicht mehr gefährlich werden. Dafür werden wir sorgen." Er zwingt euch, die Arme hochzunehmen und treibt euch vor sich her zurück über den Hof bis zu dem Rolltor, an dem ihr die beiden belauscht habt.

➜ *Dein Herz klopft wie wild. Was die beiden wohl mit euch vorhaben?* 100

109

Er duckt sich und schießt durch die Halfpipe. Anstelle einer eleganten Figur schanzt er jedoch am anderen Ende mit gestreckten Beinen fast senkrecht aus der Bahn. Gekonnt schlägt er einen Salto vorwärts, öffnet die Figur und landet mit einem ohrenbetäubenden Krachen direkt auf dem Dach des flüchtenden Polizeiwagens. Jo rollt rückwärts über die Heckscheibe fast bis auf den Kofferraum. Doch er kann sich in letzter Sekunde mit beiden Armen am Martinshorn abfangen. Der Fahrer schaut irritiert nach hinten, aber er nimmt den Fuß nicht vom Gas. Jo zieht sich langsam wieder aufs Dach. Der Fahrer fährt wilde Schlangenlinien, um ihn abzuschütteln, durchbricht eine weitere Absperrung und schießt direkt auf eine rote Ampel zu. Der Fahrer dreht immer wilder am Lenkrad, bis das Auto zu schleudern beginnt. Offensichtlich verliert der Ganove die Kontrolle über das Fahrzeug. Du hoffst inständig, dass er sich nicht überschlägt und Jo dabei zu Mus zerquetscht. Der Wagen schleudert immer wilder, streift eine Parkbank und zertrümmert einen der Mülleimer. Schließlich schanzt er über eine kleine Kuppe, hebt ab und fliegt in hohem Bogen in die Alsch – Mundingens Hauptfluss. Jo läßt beim Aufprall los und wird weit in die Flußmitte geschleudert. Der Wagen geht rasch unter.

➜ *Jetzt startest du durch. Es geht um Leben und Tod.* 115

➜ *Du überlässt den Profis die Lebensrettung. Jetzt sollen Kuckelmann und Co. ran.* 98

110

Du läufst um dein Leben. Aber die beiden Verfolger haben längere Beine. Schon bald sind sie hinter dir und drohen, dich jeden Augenblick zu kassieren. In völliger Verzweiflung packst du die an den Schnürsenkeln zusammengebundenen Skates. Schweren Herzens schleuderst du sie ein paar Mal in der Hand, bevor du sie loslässt.

➜ *Die edlen Geräte segeln deinen Verfolgern in hohem Bogen vor die Füße.* 102

111

Die Schritte kommen immer näher. Wo willst du dich verstecken?

→ *Du verkriechst dich schnell unter dem Tisch.* 106

→ *Du krabbelst zu Dr. Seltsam ins Schränkchen.* 97

→ *Du versteckst dich im Technikraum.* 108

112

Für Euch alle ist klar, dass das Turnier gelaufen ist. Nur Jo will das absolut nicht einsehen. Zwar kann er kaum noch die Augen offenhalten, aber er bittet und bettelt wie ein kleines Kind: „Mensch, Leute, ihr könnt mich doch jetzt nicht im Stich lassen! Wozu denn die ganze Action, wenn wir das jetzt nicht durchziehen?“ Aber ihr habt weder Lust noch die nötige Kraft. Zudem seid ihr euch sicher, daß Jo in der Halfpipe eher einschläft als Pirouetten zu drehen. Das sagt Kai ihm auch deutlich ins Gesicht. Möglicherweise etwas zu deutlich. Denn Jo zieht beleidigt ab, nicht ohne euch seine ZAP-Kappe vor die Füße zu werfen. Dich hält es nicht länger, du folgst ihm. Daraufhin rappelt sich auch Smarty auf. Kai und Sabrina zögern, sehen sich an, zucken mit den Schultern und folgen ebenfalls. ZAP ist wieder komplett. Jo nimmt Kai seine Kappe aus der Hand und grinst: „Wusste ich's doch...!“ Soviel Gemeinschaftssinn schlägt selbst Kuckelmann auf's Gemüt. Gerührt von dieser Szene, lässt er euch von einer Streife zum Festival bringen. Seine Bedingung: Hinterher kommt ihr alle noch einmal zur Farbenfabrik zurück. Kuckelmann geht davon aus, dass er hier noch den ganzen Tag mit Spurenauswertung und dem Verhör der beiden Verbrecher beschäftigt sein wird. Und dazu benötigt er eure Zeugenaussage.

Noch seid ihr früh dran. Aber Jo und Kai nützen die Gelegenheit, die schwer gebeutelten Turbo-Skates noch einmal komplett auseinanderzunehmen und zu checken. Wäre ja unangenehm, wenn sie einen Schaden erlitten hätten und ausgerechnet in der Halfpipe auseinanderfallen würden.

Sabrina, Smarty und du kümmert euch um ein provisorisches Frühstück. Bei trockenen Brötchen und kaltem Kaba aus der Packung beobachtet ihr, wie Jo und Kai Teil für Teil die

Skates wieder zusammenbauen. Als sie fertig sind, bleibt Jo sogar noch genügend Zeit, sich warmzulaufen, bis er beim Turnier einchecken kann.

Endlich ist es soweit. Das große Inline-Skate-Turnier beginnt. Und was ihr alle bis vor wenigen Stunden noch nicht geglaubt habt, wird Wirklichkeit: Jo ist mit am Start. Ihr habt euch bereits einen Platz in der ersten Reihe gesichert. Ganz nahe bei der Halfpipe. Im ersten Durchgang müssen die Skater bestimmte, festgelegte Figuren fahren, springen und grinden. Jo hält sich prima und ist am Ende auf Platz 2, nur wenige Punkte hinter dem Führenden.

➜ *Doch dann kommt der entscheidende Durchgang. Jos Lieblingsdisziplin: die Kür.* 105

113

Mühelos springt die Türe auf. Du siehst einen relativ großen, aber leeren Raum. Es mag früher eine Art Warenlager gewesen sein. Davon zeugen die vielen Regale. Fündig wirst du hier gewiss nicht. Auch einen Weg zur Flucht kannst du nicht entdecken.

➜ *Vergiss es und schau in einen der anderen Räume, bevor es zu spät ist.* 94

114

Du durchsuchst den Raum nach irgendeinem hilfreichen Gegenstand, aber es sieht schlecht aus. Plötzlich hörst du hinter dir ein Scharren. Du drehst dich um – vor dir sitzt Dr. Seltsam auf dem Boden und schaut dich mit schiefgelegtem Kopf an. Wo kommt der denn her? Du streichelst ihm über den Kopf, bevor er quiekend in das hintere Eck des Raumes hüpft. Dort entdeckst du eine Art Entlüftungsschacht. Dr. Seltsam quiekt abermals auffordernd und hüpft hinein. Aha, das könnte also ein Weg nach draußen sein. Kurzentschlossen kletterst du hinter Dr. Seltsam her.

Aber der Schacht ist verflucht eng. Du kannst Dr. Seltsam nur folgen, wenn du bis auf T-Shirt und Hose alles ablegst.

✔ *Streiche alle Dinge von deiner Abenteuerkarte.*

Dann geht es los. Zunächst führt der Schacht fast senkrecht nach oben, der Aufstieg ist mühsam und du bekommst beinahe Platzangst. Nach unzähligen Metern, wie dir scheint, landest du an einer Wartungsöffnung. Du schaust langsam hinaus und siehst, dass du in einem anderen Raum gelandet bist. Diesmal über der Erde, denn eine Straßenlaterne leuchtet matt durch ein Fenster herein. Du kletterst heraus und folgst Dr. Seltsam durch den Raum auf einen Flur, den du vorsichtig entlangschleichst.

➜ *Schließlich landest du in einer kleinen Halle.* 91

115

So schnell bist du noch nie in deinem Leben gelaufen. Dennoch erscheint dir die Strecke wie eine Ewigkeit. Kurz vor dem Ziel hörst du hinter dir ein Keuchen. Du wusstest gar nicht, dass Kuckelmann so eine gute Kondition hat. Er ruft nur: „Du, Jo – ich, den Wagen.“ Dann ist er schon an dir vorbei und springt kopfüber in die Fluten. Sekunden später tauchst auch du ins Wasser. Puuh, ist das kalt. Mit Riesenzügen kraulst du auf die Flussmitte zu. Glücklicherweise ist Jo bei Bewusstsein und kann sich trotz seiner schweren Skates leidlich über Wasser halten. Du hilfst ihm und gemeinsam schafft ihr es schließlich zurück zum Ufer. Beide seid ihr völlig ausgepumpt. Erschöpft lasst ihr euch ins Gras fallen. In Windeseile seid ihr von Schaulustigen umringt. Aber Smarty, Sabrina und Kai sind auch da, ebenso wie die anderen Polizisten, welche die Gaffer zurückdrängen. Zwei der Polizisten waten ebenfalls ins Wasser, um Kuckelmann dabei zu helfen, eine leblose Gestalt an Land zu ziehen. Als sie den Verbrecher umdrehen, läuft ihm Wasser aus Nase, Mund und Ohren. Durch den nun einsetzenden fürchterlichen Hustenkrampf spuckt er in hohem Bogen einen kleinen Fisch aus. Das ist die Komik einer dramatischen Situation. Du kannst nicht anders und brichst in schallendes Gelächter aus. Es ist ein erlösendes Lachen, in das schließlich alle Umstehenden einstimmen. Selbst Kuckelmann! – Und du bist dir sicher, ihn das erste Mal lachen zu hören.

➜ *Noch lachend dreht er den Verbrecher auf den Bauch und lässt die Handschellen einschnappen.* 93

116

Als du es erreichst, bist du völlig außer Atem. Du lehnst dich kurz an die Außenmauer und bringst deinen Puls wieder auf Normalbeat. Dann schaust du dich um. Weit und breit kein Licht und kein Mensch zu sehen. Das Gelände wirkt wie ausgestorben. Du schleichst dich hinein und wirfst zunächst einen Blick ins Pförtnerhaus. Hier liegen Möbel und Gegenstände verstreut und zerschlagen am Boden. Da muss wohl eine Art Kampf stattgefunden haben. Plötzlich hörst du es rascheln. Du erstarrst. Das Geräusch kommt aus dem Schränkchen unter dem Fenster. Langsam schleichst du näher. Dann springt die Schranktüre direkt vor dir auf und ein Schatten huscht raus. Du bist zu Tode erschrocken, aber dann lächelst du erleichtert. Es ist Dr. Seltsam, der aufgeregt an deinen Beinen hochklettert. Er muss sich da drin wohl rechtzeitig versteckt haben.

→ *Gemeinsam macht ihr euch auf die Suche nach euren Freunden.* 91

117

Kai ist ganz und gar nicht damit einverstanden: „Mensch, das ist kein Spaß mehr. Für sowas ist die Polizei zuständig. Wir sollten wenigstens einen von uns losschicken, um dort anzurufen.“ Jo aber erklärt: „Ich rühre mich keinen Meter von der Stelle, solange ich meine Turbo-Skates nicht wieder habe.“ Dabei fuchtelt er erregt mit den Armen herum. Kai versucht, Jo wieder auf den Teppich zu holen: „Ich weiß, dass dir die Dinger am Herzen liegen, aber hier geht es um weit mehr als nur um deine Skates.“ Jo regt sich auf: „Es gibt nichts Wichtigeres als diese Skates, denn ohne sie kann ich meinen Sieg morgen abschreiben.“ Jo holt weit mit den Armen aus und trifft dabei versehentlich eine Mülltonne, die scheppernd umfällt. Atemlos bleibt ihr stehen. Plötzlich gehen auf dem ganzen Hof Scheinwerfer an und jemand brüllt laut: „Wer ist da?“ Dann hört ihr, wie schnelle Schritte auf euch zukommen.

Alle schauen hilflos suchend nach einem Versteck, nur Kai sprintet los und ruft: „Versteckt euch, ich rufe die Polizei!“

➜ *Möchtest du schnell hinterherlaufen, um Kai zu unterstützen?* 95

➜ *Siehst du deine Chance nur noch darin, dir ein gutes Versteck zu suchen?* 111

118

„F“ steht fast immer für „Feuer“. Könnte also durchaus eine Art Notausgang sein. Aber wie kannst du dies feststellen, wenn die Türe sich gar nicht öffnen lässt? So sehr du auch an der Klinke rüttelst, es bewegt sich nichts. Hier kann dir nur der passende Schlüssel helfen. Unten in der Halle hörst du, wie die beiden Ganoven langsam näher kommen.

➜ *Hast Du einen „Schlüssel“ auf deiner Abenteuerkarte?* 99

➜ *Ansonsten musst du es anderswo probieren.* 94

119

In großen Sätzen stürmst du die Treppe Stockwerk um Stockwerk nach unten. Dabei rufst du laut nach Smarty, Jo und Sabrina. Hinter dir hörst du die schnellen Schritte der Ganoven und die immer lauter werdenden Sirenen. So wie es klingt kommt da mindestens ein Dutzend Polizeifahrzeuge.

Schließlich bist du am Ende der Treppe angekommen. Deine Verfolger sind nicht mehr weit hinter dir. Du läufst durch den Flur und rufst weiter laut nach deinen Freunden. War da nicht eine leise Antwort von Jo? Doch, tatsächlich! Hinter dir hörst du, wie der Lange ruft: „Lass ihn sausen, wir holen uns eines der anderen Kinder als Geisel, sonst werden wir hochgenommen." Du rüttelst an Jos Türe, die natürlich verschlossen ist. Da kommen die beiden Ganoven in vollem Lauf den Flur entlanggefegt.

Jetzt hast du nur noch eine Chance. Du schnappst dir die Turbo-Skates, schleuderst sie mehrmals in der Hand, bevor du das Bündel loslässt.

➜ *Die edlen Geräte segeln deinen Verfolgern in hohem Bogen vor die Füße.* 102

120

„Bei den beiden Festgenommenen handelt es sich um Enrico Bozzi und Hannes Pottlach. Die selbigen werden in mehreren Ländern wegen Raub, Erpressung, Körperverletzung und drei Dutzend anderer Anklagen gesucht. Für ihre Festnahme waren DM 5000,- Belohnung ausgesetzt. Schätze, Jo, die hast du dir hart verdient." Jo schaut abrupt hoch. Dann fängt er an zu grinsen. Spontaner Jubel brandet bei den Zuschauern auf. Kuckelmann gibt ihm die Hand: „Gratuliere, Junge. Das Geld gehört dir und deinen Freunden."

Jo kann sein Glück kaum fassen. Er schaut dich an und meint: „Das Geld reicht locker für eine ‚Spitzen-Skateanlage mit Grinding-Zone'." Sabrina ruft: „Es lebe die erste richtige Skate-Anlage in Mundingen." Die Menge tobt wie bei Jos Skate-Kür. Stolz setzt der Held noch einen drauf: „Und von dem Rest machen wir die abgefahrenste Einweihungsfete, die ihr je erlebt habt. Bingo?" Zurück schallt ein vielfaches „Bingooooo!"

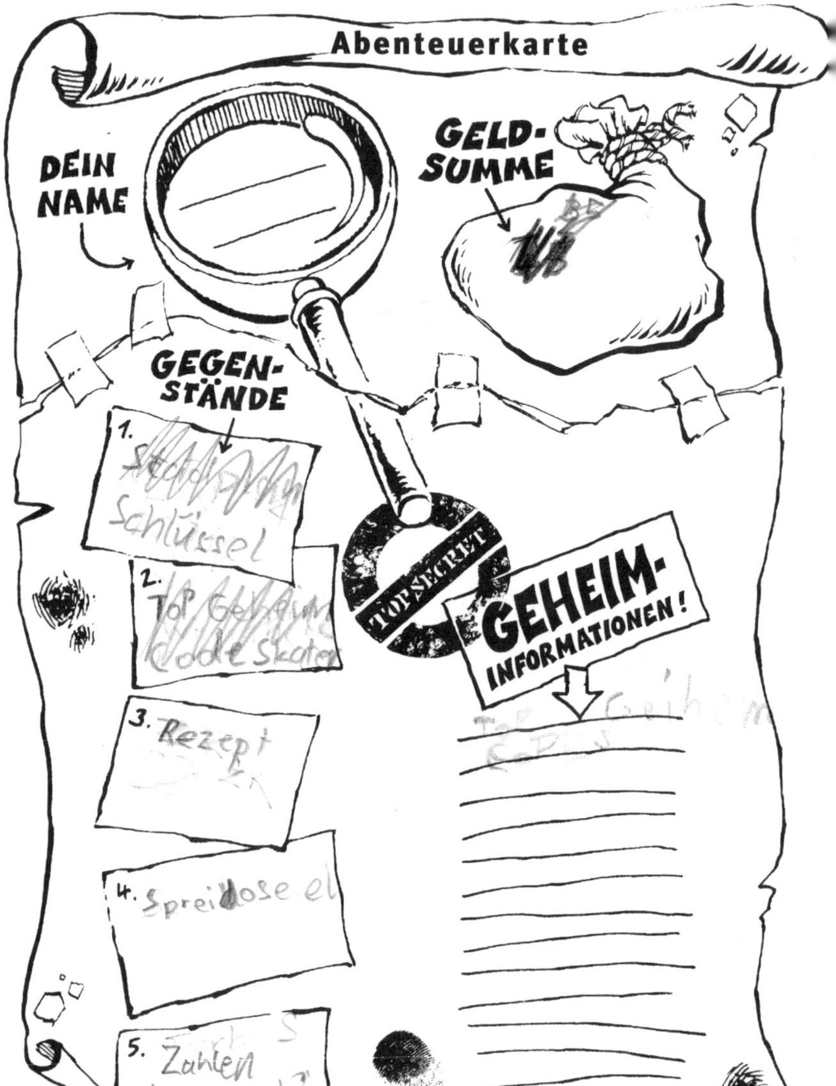

Abenteuerkarte
DEIN NAME
GELD-SUMME
GEGEN-STÄNDE
1. Schlüssel
2.
3. Rezept
4. Spreidose el
5. Zahlen kombnatzion
TOP SECRET
GEHEIM-INFORMATIONEN!